KB140430

메디슨 카운티의 다리로 갈 거야

문학과사람 시인선 008

메디슨 카운티의 다리로 갈 거야

문학과사람 시인선 008

초판 1쇄 발행 | 2022년 2월 28일

지 은 이 | 박정화
펴 낸 이 | 김광기
펴 낸 곳 | 문학과 사람
등록번호 | 제2016-9호
등록일자 | 2016년 7월 22일
주　　소 | 경기도 시흥시 하상로 36 금호타운 301-203
서울시 마포구 성미산로 1길 30, 2층
전　　화 | 031) 253-2575
전자우편 | poetbooks@naver.com
홈페이지 | http://cafe.daum.net/yadan21

ISBN 979-11-90574-44-0 03810

값 10,000원

* 이 도서의 국립중앙도서관 출판도서목록은 서지정보유통지원시스템 홈페이지(http://seoji.nl.go.kr)와 국가자료공동목록시스템(http://www.nl.go.kr/kolisnet)에서 이용하실 수 있습니다.

* '문학과 사람'은 1998년 등록되어 출판 진행된 'AJ' 등과 연계됩니다.
* 이 시집은 교보문고와 연계하여 전자책으로도 출간됩니다.

메디슨 카운티의 다리로 갈 거야

박정화 시집

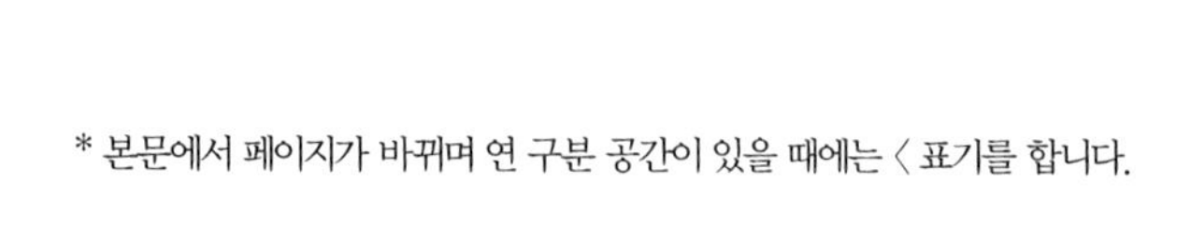

* 본문에서 페이지가 바뀌며 연 구분 공간이 있을 때에는 〈 표기를 합니다.

■ 시인의 말

쉼표를 찍으며!

부끄럽다는 말도 부끄러워서
참 오래 망설였습니다.

그러나
시간이 없다고 마음이 보챕니다.

속을 비워내야 살 것 같아서
만용 같은 용기를 내봅니다.

행여 또 한 번의 기회를 빌어보며
마침표가 아닌 쉼표를 찍어봅니다,

2022년 2월, 박정화

■ 차 례

1부 _ 늘 가을이었어

2부 _ 메디슨 카운티의 다리로 갈 거야

3부 _ 머무르고 싶은

4부 _ 기억 속으로

1부

늘 가을이었어

가을에

긴 침묵으로 들기 전
찬연히 타는 노을 속으로 걸어간다

꿈꾸는 대로 살지 못한 빈한 길
지천의 갈잎으로 묻어놓고
마른 산죽의 속살 부비는 허허한 바람과
옷 벗는 나무들의 신음을 끌어안고
눈물 한 사발쯤 삼켜보는 계절

비장한 석별의 노래들이 애달피 채색되고
연민이 물든 아픈 가을 산

냇내 섞인 저녁연기의 손짓 따라
하얀 박속같던 나를 만나러 가는 길

덕지덕지 분 바른 주름진 영혼이
한 뼘마저 태우는 노을 속으로 들어간다

가을을 그리는 사람

장안공원 성벽 밑
늙은 화공의 화선지에
만추의 오후가 살을 부빈다

사금파리처럼 부서지는 햇살의 파편이
팔렛트 속으로 뛰어들고
시간이 쌓아놓은 성벽으로
느림을 즐기는 바람이 놀고 있다

눈물이 다녀갔을까
습기 묻은 주름에는
갈잎 같은 검버섯이 피고
점 하나 찍지 못한 그의 붓은
추임새 같은 비둘기 울음에 지휘봉이 된다

그리지 않은들 어떠랴
늙어버린 시공간을 건너갈 화공의 은발과
여백의 화선지가 한 점 가을인 것을

〈

어깨를 끼고 둘러선 성곽으로
느릿느릿 오늘이 걸어가고
억새밭엔 카메라 셔터 소리에
또 다른 오늘이 화려하게 정지된다

마른 이젤처럼 휘청이는 화공
주섬주섬 마음을 거두며
깊은 숙면을 위해
마지막 옷을 벗는 나목을
가슴에 그려 본다

만추

쓸쓸함이 빈 배처럼 떠밀려 오는 날
내 창가에 붉은 감잎 하나가
기억 하나를 얹어 놓았다

어둑한 병실에서
휴가 가듯 그가 내 손을 놓았을 때
후르르 떨던 계절이 나보다 먼저 울었다

살아가는 법을 민들레 꽃씨만큼도 모르던 날
친구에게 돈 얘기를 꺼내는 비루함과
치과를 갈 수 없던 가난의 통증 앞에
보고픔은 버려야 할 허영이었다

나만큼의 꽃 한번 피워보지 못한 수치가
고장 난 회로 같이
언제나 가을을 들여 앉혔다

유택이 앉을 산자락에

미리 온 계절이 그늘을 짓는다

묵혀둔 일기장에 묘비명을 썼다 지우는 오늘
사진첩의 흔적들도 먼지처럼 날아가고
서랍 속 내 허물들도
헌 옷 수거함으로 버려진다

아직도 내 안에 들어와 휘저어 놓고 가는
너를 만나러 가는 준비를 준비하는 날들

꼭 와야 하는 것처럼
사붓사붓 눈이 올 것 같은 하늘에

기러기 한 마리 꾹꾹 울음을 물고
북녘으로 날아간다

자폐

저녁이 집으로 가는 길가
하루치의 일을 끝낸 저 키다리 풍선 인형은
노동이었을까 춤이었을까

바람을 내보내며 천천히 주저앉은 너는
네 삶의 주인도 아니고
과거도 없고 미래도 없이
잔뜩 먹은 바람이 시키는 대로 흔들릴 뿐이었어

즐겁지도 않고 신나지도 않는데
몇 가지 동작만 반복하는 저 행위는
시선을 받아도 구경을 해도 나와는 상관없다는 듯
두 팔과 두 다리가 따로인 채 춤을 추는
키만 웃자란 애어른이었어

사는 법을 모르는 다섯 살에 머물러버린 내 아재비도
단팥빵 한 입 베어 물고

좋아라좋아라 두 팔 흔들며 춤추던
키만 큰 어른이었지

축축한 여름의 보도에
행복하지 못했던 어미가 행복했던 그의 손을 놓던 날
시속 60km 차 밑에 바람 빠진 풍선처럼 누워 버렸어
퇴근길의 소음 속에
반쯤 주저앉은 물컹한 키다리 풍선 위에
몇 가지 밖에 할 줄 모르던 쉰 살 아재비의 지폐가
제 몸처럼 웃고 있네

저녁의 표정

저잣거리에서 버스를 따라온 저녁
아이의 어미가 내리지 않아
자꾸만 뒤를 돌아본다

유월의 저녁은 천천히 오는 것이라서
굴뚝의 연기같이 온기를 품고 오는 것이라서
스멀스멀 기어오는 물 탄 어둑을 빗자루로 쓸어내며
일곱 살 아이는 버스를 기다린다

후드득 감나무 잎사귀에 빗방울 지나가고
축축한 저녁이 댓돌 위에 올라서면
빈 신발 자리엔
허기진 기다림이 밤을 밀고 있다

앞산이 성큼 다가서면
내일을 도리질하는 할매
등잔 심지를 털어내며
엷은 밤을 끌어와 이불을 펴고

〈

천식 기침 뱉으며 막차도 밤으로 간 지 오랜데
아이는 오늘도 어둠과 친구가 되어
겁먹은 표정으로 아직도 내일을 기다린다

이따금 마음에 들어와 서성이는 쓸쓸한 저녁과
집으로 가는 길을 잊고 싶은 막막함과
지금도 오지 않는 대책 없는 기다림을
늘 앓고 있는 수심처럼
묽은 어둑의 얼굴로 다가선다

누룩

저 누룩 한 덩이 몸부림으로 피어난다

걸죽한 통증을 삭이는 검푸른 꽃송이들
저것을 끌어안은 배부른 항아리
속이 시끄럽다

밀밭을 찌던 햇살의 온도와
어둑사리 사이를 술렁이던 바람의 색깔과
한 계절을 무탈하게 건너는 필부의 땀방울과
칠월의 빗줄기 서너 가닥 섞어 버무리면
어느새
밀떡 사이로 몽글한 기다림이 여문다

시간을 말리고
바람을 가두어
우리 사는 속내로 풀무질하면
어둘 녘 걸어오는 내 그리운 이를 위해
익어가는 단내가 반갑다

〈

노루잠에 긴 새벽

아랫목 단지에서

폴닥폴닥

푸른 꽃의 춤사위에 쾌락이 환생하고

쉿!

윗목의 콩나물시루마저 숨을 죽이는 밤

우울의 얼굴

막차를 기다리는 전철역 나무의자에
집으로 가는 길을 밀어내는 바람 한 뭉치
뻣뻣한 목을 세우고 있다

아무런 이야기도 할 수 없고
눈빛조차 둘 데 없는
이 무력한 고독이
그만 죽어도 좋겠다고 선로를 향해 걸어간다

여백 없는 카운셀링 A4 용지에
속엣것 뭉텅뭉텅 다 게워내고
의사의 가운을 부여잡은 야만이
불우한 가슴을 때린다

선이 모호한 삶의 지평은
초점이 흐린 안경처럼 흔들리고
빈혈이 잦은 시간이 낳아버린
후회만 점철된 일상 속

누구를 향한 분노인지 가슴이 널을 뛴다

통제한 기억마저 굳이 아파하며
이미테이션 같은
피해와 망상의 자켓을 입고
막차가 떠나버린 전철역 나무의자에 앉아
이 밤
허파까지 부푼 바람 한 뭉치를 토해내며
뻣뻣한 뒷목을 수습하고 있다

독백

허물어진 담 밑
녹슬어버린 무쇠솥이 꽃 한 다발을 이고 있네

할 일을 다 한 듯 손을 놓은 무쇠솥에
선물일까 상일까
버킷리스트 같은 금잔화가 노랗게 피고 있어

몇 생을 건너야 저렇게 편안할까
혹한도 덥히고 염천도 끓이던
뜨거움이 식어버린 솥단지에
꽃피우고 싶은 내 독백을 얹고 싶어

이젤 위에 그려진 수채화 한 폭을 찰칵! 오려내어
행간 속으로 숨겨보던 가슴에 바람만 살던 날

녹슬어버린 몸 위로 햇살의 위로마저 덧칠 같은
솔기마다 따갑던 생
썼다 지우고 다시 지우던

행마다 녹슬었던 꿈은 한낱 초라한 수치로 남을 뿐

어느 화백의 붓이 심술을 부렸을까
녹슨 생의 표면 위에 살아 꽃피는 황금빛은
가을 한낮을 동상이몽의 이야기를 쓰고있네

삭아버린 솥전으로 개미 한 마리가
어떤 삶을 지고
절망은 상관없다는 듯
꽃을 향해 기어오르는 시월

담쟁이 이야기

이곳에 터를 잡은 것은
발붙일 틈이 있었기 때문이다

금이 가고 허물어진 담은
바람이 지나는 길목이었고
별 밭이 되는 밤은 아름다웠다

마당에 몰려온 사월이
목련 나무에 앉아서 웃고
가끔 젖어오는 내 서러움을
담장의 온도에 말릴 수 있어 좋았다

다시 필 수 없을 것처럼
명줄을 잡고 떨던 지난겨울
벽 하나에 매달린
질긴 넝쿨의 촉수마저 얼어버린 날에
나는 망자의 내일을 붙잡고 있었다
〈

바지락 거리며 하루가 견디는 오후
후두둑 소나기 한줄기 지나는 것도
목마른 생의 한 부분에 여유를 보태는 것이려니

떠난 사람의 기억으로 파르르 떨며
허공을 붙잡는 빈손

연두의 촉수를 더듬으며
매듭과 매듭을 잇는 집념도
한점 부토로 돌아갈 평범한 과정일 뿐이다

하마

소용돌이치며 달려오는 음습한 체온
귓전에 부는 적도의 바람
뜨거운 음률처럼 끈적이는 너의 손길
뻔뻔한 민낯의 8월을 거부하며
어쩌면 늦은 휴가를 간다

열지 못할 걸쇠를 채우고
겨울 커튼을 내리고
에어컨 리모컨과
볼펜 하나와
해묵은 노트 하나가
아주 오래 잊은 연인을 소환한다

후미진 곳에 숨었던 잊혀진 시인과
목마를 타고 떠난 '버지니아 울프'도 불러본다
이미 말라버린 내 눈물도 호출해서
마지막처럼 펑펑 울어보자
〈

8월의 창밖엔 저리도 장맛비가 내리는데
입추의 아침을 지나는 내 마당의 나무들은
하마, 표피가 말라간다
낼 아침, 채용한 가을바람 한 올 불어올까

산국화

이사 온 가을이 웃고 있다
낯선 곳에 내린 식솔들 낯가림도 없다

적도의 온도를 밀어내며 오늘을 움켜쥐는 생
모종삽 위에 얹혀 이사하던 날
삶의 방향은 정해진 것

바람이 물에 젖어오던 날도
서리에 가슴을 닫던 날도
꿰맨 상처 위에 기다림을 처방했다

잎새 사이로 몇 번의 겨울이 다녀가고
옥탑 한 모서리
가둔 속내를 필사하는 밤
찬 바람이 떨며 숨어들고
희석된 달빛도 도도하다

죽은 서방 담배 냄새마저 기억하는 꽃잎

마지막 지하철의 밭은기침에
하늘에 매달린 등불 하나둘 꺼져가면
그를 만지듯 너를 안아본다

황량한 바람을 보내기 위해 긴 허리를 묶으며
젊은 내 허리도 질끈 동여맨다
노란 가을이 웃으며 울음을 터트린다

돌의 나이테

기억을 잃어버린 커다란 돌 하나가
도시의 강가에 넋을 놓았다
정 맞아 쪼개지던 고통마저 잊었는지
온온한 얼굴이다

시간의 저쪽
흰옷을 치대던 빨랫돌이었을까
나이마저 가늠할 수 없는 표정 속에
감추어진 저 표정

간지르다가
살금살금 다가와서 어루만지다가
때론 철석! 때리기도 하다가
결이 틀린 바람이 부는 날이면
거품을 물고 덤비다가
뾰족한 앙탈도 부리다가
수많은 이야기를 물고 와서 달려드는
물의 구애로

〈

한 모서리가 닳고 면이 무디어지고
닫아버린 방의 고요함도
내밀한 가슴도 다 내어주다가
깎이고 닳아버린 저 편편한 돌멩이 위에
무한의 시간대가 결을 만들듯
물의 이야기가 돌을 다듬고 있다

탱자나무

– 친구에게

먼 길 걸어온 통증이 가시가 되었을까
분분한 십이월의 눈발이
선홍빛 신음을 앓고 있네

남의 아픔보다
되돌아올 상처가 더 두려워
자꾸만 웃자라는 저 서슬

이제 가슴을 열고 촘촘한 그물을 걷어내렴
아직도 푸르른 너의 속으로 겨를 없는 바람도 들이고
폴폴 춤추는 저 눈꽃도 품어보렴
난 알고있어!
부등깃 같은 연약한 그 속을

손님 끊어진 카페
혼자 남겨진 달력 위에 가지 채 걸린 탱자가
가두어둔 외로움을 밀어내고 있었어

〈

남아있는 하루가 또 저무는 시간이야
세상을 향한 언어는
그리움 발효된 너의 열매가 말하게 하렴

한 행의 시처럼

보시

속엣것 다 비워놓고 텅 빈 몸으로
용대리 덕장에 걸렸네

생태 동태 명태 황태 북어 먹태
이름만큼 다난한 삶의 궤적을 꿰고
난 기도를 하고있어

창란 명란
짠 내 나는 속초 선창에 속 창지* 다 빼주고
허기진 속으로 설악을 넘던 날
사는 건 마음대로 되는 게 아니라고
칼바람이 일러 주었어

어젯밤엔
짙푸른 고향이 자꾸만 출렁거려
한 입 눈을 물고 그리움을 끊어 버렸어
계곡을 흔드는 저 동굴 같은 울음은
겨울바람 소리만은 아닐 거야

〈

얼었다 녹았다 허물어져 뼈가 삭다가
차라리 포기하고 싶은 삶이었어
맨살을 파고드는 얼음보다
갚아야 할 업보가 너무 커서 삼동은 견딜만 했다네

한 계절을 건너는 혹독한 단근질과
뜨거운 불이 우려낸
황금빛 살이 녹아내린 뽀얀 국물 한 그릇
그제사
술 취한 사내의 응어리를 풀어줄 뜨거운 보시로
환생할 수 있기를

*속에 있는 창자 같은 것 (경상도 방언)

빌어먹을

경비 아저씨의 빗자루가 짜증을 쓸어낸다 빌어먹을!
아파트 마당에 나뭇잎들 이불을 덮었다
빌어먹을 존재는 바람일까 낙엽일까

누구에겐 한 점 화폭이 되고 누구에겐 이별이 되고
어떤 이에겐 시 한 편으로 기억되는 가을 잎

소녀의 책갈피 속이거나 어느 시인의 모닥불 속이거나
꿈꾸는 데로 살고 싶었던 생
마지막 잎새로 시몬의 낙엽으로
안녕!
가을다운 모습으로 떠나기를 바라는 건 사치였을까

꾹꾹 눌러 담고 발로 밟아 담고
쓸어도 쓸어도 떨어지는 아프다는 신음도 못 지르는
쓰레기 소각장 행 트럭 위에서

내년에 다시 만나자는 멘트는 사절하는 또 다른
가을 잎

같은 하늘을 보았고 같은 초록을 입었고
같은 별 밤과 같은 햇살 속에
같다고 생각했던 허무가
계절을 건너가며 쓰레기라는 이름으로 쓸려간다

1000원짜리 아 점 한 끼를 위해
복지관 버스를 기다리는 할매들 하얀 머리 위로
할 일 다 했으면 가라는 듯
갈바람이 떠미는
빌어먹을!
십일월의 어느 날에

떠나지 못한 그네

부서져 버린 마을
적막이 들어와 살고 있는 작은 공원
줄이 늘어진 그네가 마지막 철거를 기다리고 있다

밀어 올리는 것도 잊었는지 평행이 맞지 않는 몸으로 바람에 흔들린다

떠나버린 사람들의 냄새가 아직도 산밑을 서성이고
떠나지 못한 짐승의 허기가 쫓겨난 자의 눈물까지 핥아 먹고 사는
재개발 산동네

노동자 장 씨도 폐지 줍던 등 굽은 할매도
요구르트 아지매 영이 엄마도
하루를 견디던 모두 모두가 서로 다른 시름 한가지씩 흘리고 간 공원

하늘을 쥘 듯 별을 딸 듯 한 뼘 더 높이 날고 싶던 아이들도

비뚤어진 밑씻개가 불편한 듯 평평하지 못한 그네를 떠나 버렸다

포클레인 밑에서 영이네 집이 압사하던 날
포클레인 소리보다 더 크게 울고 싶은 건 영이뿐이었을까

그네도 닿을 수 없는 초고층 아파트로 가는 길엔
장씨와 등 굽은 할매와 영이 엄마의 절망이 버무려진
평평한 아스팔트를 닦고 있다

수평의 아래쪽 거리 또 다른 지하로 숨어드는 동행들
다들 어디로 갔을까
겨울의 입구에서 마지막 집행을 기다리는 균형 잃은 그네가
마지막 집행을 기다리고 있다

부탁

이른 아침
황금색 조끼를 입은 아저씨의 빗자루가
노란 가을 잎을 쓸고 간다
순수한 떨림이던 잎사귀
페이지마다 추억이 되고
행간을 물들이던
한때 너의 서정이지 않았더냐
숨 가쁜 바람과 여름의 눈물로 여문
뾰루지 같은 속살은
마주 보기만 해도 수태를 하는
뜨거운 연인의 결실이다
바람이 부딪친 자리마다
옹이의 통증이 쓰라리고
용을 쓰며 견디던 시간들은
치장하지 않아도 아름다운데
청량한 시월의 아침
유용한 줄 알면서도
무용한 폐품처럼 쓸려가는

나의 향기를 폄하하지 마라
너의 혈관에 치유로 흐를
발효된 노거수의 구린내를

꽈리

민속촌 초가 돌아앉은 꽃밭
햇살의 뜨거운 애무에
다홍색 주머니가
저보다 더 붉은 씨방을 키우고 있다

시간이 잠들어 있는 초가는
켜켜이 껴입은 볏짚이 무거워
나들이객의 수다에
싸릿대 삽작을 걸고 싶고

후밋길로 숨어오는 바람 한 줌에
찌는 팔월을 삼키며
만삭의 꽈리는 출산을 기다린다

각기 다른 삶처럼
아낙의 방에 마른 꽃으로 걸리거나
계집애의 입속에서
꽈르륵꽈르륵 음악이 되거나

촌부의 천식에 한 모금 탕약으로
녹는 삶이었지만
이젠 눈빛조차 주지 않는 잊힌 꽃이다

숙제를 하듯
시침질로 모를 세우며
축축한 여름을 말리는
풍등을 닮은 저 꽈리

다홍 치마폭 여며가며
염천을 참아내는 너는
제 자식 뱃속에 품고 있는
붉디붉은 어미의 표정이다

삼월이 지나는 강둑에서

면경 같은 햇살이 살얼음을 만지는 강가에
속앓이처럼 뾰족한 입술을 내미는 버들
겨울을 밀어내느라 힘이 드나 봅니다

따뜻한 사람들의 심성처럼
시장기 같은 그리움이 내려앉는 물 위에
노을이 기어와 불을 붙이면
바람은 잠시 멈추어 서고
건너편 강둑에서 봄이 걸어와 내 곁에 섭니다

제 식구들 보듬어 안고 몸을 트는 샛강에
가물한 기억 같은 물주름이 일면
내 안에 들어선 티눈 같은 통증을
물수제비에 얹어 던져 봅니다

아궁이에 남은 재 냄새를 따라
돌아가기엔
아직 낙조가 너무 붉습니다

〈

나무껍질 속으로 달큰한 물길이 흐르는 삼월
강은 긴 봄날처럼 아득한데

어디쯤 갔을까요
꽃이 되기 위해 흘러간 어머니는

빨래집게

축축했던 여름이 마르는 날
제 몸 아픈 줄도 모르고
바들바들 떨고 있는 저 빨래집게

하루를 빨아 넌 빨래 속엔
얼마의 아픔이
어떤 슬픔의 모양이
어떤 이름의 고통이 있어
저리도 꽉 물고 놓지 않을까

두 다리로 하늘을 받치고 서서
빨아버린 시간보다 더 축축한 무게를
견디고 있다

식솔들의 어제를 행궈낸 옷가지 사이로
순한 바람이 지나가길
햇살이 달려오길
짧은 가을날 저녁이 더디 오길

그리하여
자작자작 마른 입성들이 가벼워서
내일의 걸음이 가볍길

어미처럼
내 몸 아픈 줄도 모르면서
내 새끼들 아픔만 안쓰러워
꽉 쥐고 놓지 않는 단단한 저 힘

보릿고개 2

헛것일까

산제 지낸 고수레 밥 나무 위에 걸려 있다
주발에 담긴 고봉밥처럼
시래기 한 줌 헐렁한 끼니로 달래던 아침
코끝에 맺혀오는 뜸 드는 밥 냄새가 산으로 손짓한다
정오는 화살처럼 달려오고
물이 마른 솥에는 수심이 끓고 있다
바지랑대 위
집 나간 사람의 잠뱅이가 혼자 돌아와 널려있고
바람도 시장한지 걸음의 간격이 느슨하다
늙어버린 버스의 숨 가쁜 기침이 잦아들면
황토 먼지 속으로 잰걸음 걷는 이 있는가
하냥 늘어지는 노루목
꽃잎처럼 허기를 뿌리며 봄은 가고
애 잦는 날
가난을 덧칠한 뽀얀 마당에
어젯밤 놀다간 달빛이 아지랑이 되어 놀고 있다
헛것일까

빈 들판

가뭇한 공허다
태풍의 눈 속 같은 고요가 숨을 참고
쓸쓸함의 파장이 너울이 될 비어버린 너른 가슴
거두어들이지 못한 몇 알의 이삭들과
기억의 밖에 선 허수아비가
불어올 황량한 바람 앞에 미아가 된다
지천에 널렸던 풍요의 언어들
헹궈낸 세월에 묻히고
여며도 여며도 섶을 파는
혓바늘 같은 끝날의 진통이 두렵다
버려도 좋을 연민의 빈 들판
소태같은 잔상의 되새김질이 초라하다

비움 뒤에 채움의 질서가 있다 했던가
햇살이 폭설처럼 내리는 날
연둣빛 꽃대 하나 힘겹게 움트길
한 번쯤 더 기다려 봄도 좋을 듯

타닥거리며 콩 터는 순이 할배 도리깨질 소리가
빈 들판을 건넌다

오일장

쓸쓸한 날은 찾아갑니다
바람의 결들이 부드러운 곳이어서
고향이 마중 나와 손을 잡아줍니다

우체국 뒤 넓은 공터에
새벽을 달려온 장꾼들이 햇살보다 더 빨리 아침을
열고
각자의 행색대로 열어놓은 좌판엔
하루치의 생계가 앉았습니다
첫 버스 타고 온 할매 보따리엔
손자의 용돈이 될 푸릉푸릉한 채소들이
이슬을 입고와 반짝이고
꽃무늬 몸빼바지를 맨 앞줄에 걸어둔 옷가게엔
손님보다 먼저 바람이 달려들어 흥정을 하네요

치열하지 않는 삶들이 치열한 듯 시끄러운
인스턴트 없는 장마당
일회용 삶도 없고 주파수가 안 맞는 사람들도 없는

허물이 허물을 덮으며 익어가는 하루
뻥이요!
강냉이가 꽃으로 피는 소리에 웃음이 덤으로 팔립니다

장국밥 한 그릇 막걸리 한 사발로
삭은 관절에 기름칠하는 할배
농협 옆 버스정류장엔
천식을 앓는 버스가 어서 가자고 툴툴거립니다

산 그림자 밟으며 떠나는 장꾼들
내 몫만큼 못 벌어가도
닷새마다 돌아오는 오일장
지천에 널린 사는 냄새를 따라
쓸쓸한 날이 찾아갑니다

겨울 호수

어둑새벽이 뒷걸음치는
날 선 얼음장 위로
몽환 같은 물안개가 애무하듯 휘감는다

손금처럼 갈라진 얼음장 틈새를
폴폴 메우고 있는 눈꽃들은
저녁나절
버리고 간 사람들의 이야기까지
덮고 있다

마침표 없는 호수길
도돌이표처럼 돌고 돌아도
봄으로 가는 길은 만나지 못하고
물에 얼어붙은 버들가지
집착을 끊어내는 몸살이 애처롭다

먼길 떠난 철새들의 쉰 울음과
거룻배처럼 흐르던 나뭇잎의 쓸쓸함과

툭 던져버린 익숙한 나의 고독까지도
잠잠히 껴안고 있는 물의 가슴

졸던 가로등 하나둘 눈 감는 새벽
부끄러운 듯 방사하는 물오리 한 쌍이
멈춰버린 갈대밭의 바람을 흔들고 있다

저기쯤 와있을 봄 기다려 본다

자목련

몰랐습니다
닷새도 허락받지 못한 가벼운 생인 것을

면류관 위에 달빛 쏟아지고
보라색 드레스 학처럼 펼치며
어느 시인의 찬사처럼 퀸인 줄 알았습니다
고혹적인 무대 위에서 커튼콜의 박수에
주인공이 된 줄 알았습니다

성급한 걸음의 무게와 관습이 된 오만이
서러운 이별을 예견했던가요

아직도 봄의 공연은 진행 중인데
잊혀지고 싶은 부끄러움으로 고개를 떨굽니다

그렁그렁한 눈물 매달고
찬연한 무대에서 비켜섭니다
〈

망춘화
시인이 지어준 이름 앞에
붉은 눈물로 집니다

단풍길

덜 넘어간 햇살이 헤실헤실 웃으며
먼저 간 자의 유택 위에 놀고 있다
거긴 따습소?
실없이 건넨 서글픈 농담 위로
떠나기 싫은 갈바람 한 올
떡갈나무 잎사귀를 떠민다
타는 일몰의 빛까지 프리즘으로
비추어진 가을 산
비켜 갈 수 없는 순리와
시오리쯤 와있을 성급한 북풍에
작별의 옷 갈아입는 연민들
묘비명 허허로운 봉분 위로
또 한 잎 가을은 떨어지고
어느 시인의 구만리 하늘길에
단풍 같은 노을이 아프게 탄다

낙엽

하얗게 서리 내린 머리 위에
각혈 같은 가을 잎 주저앉는다

마음에 박힌 굳은살이 곪아서
그리도 검붉은 수의를 입었더냐

바람 쓸어간 길바닥에
못 떠난 미련이 처연하고
윤회를 거부하는 아득한 절망이 가엾다

어느 시인의 뜨락에 태워져도 좋으련만
세상 시름 다 오가는 대로변에
굴욕스런 나신으로 이별하자 하는가

용늪의 풀꽃들

바람마저 기어가는 젖은 땅
일어설 기력조차 없는 풀꽃들
겸손한 자세로 살아간다
젖은 몸 위로 사계의 유혹이 흔들어도
곁방과 곁방을 틀며
고요한 심성으로 사는 사초들

때론 애잔하기도 해서
때론 슬픔이기도 해서
산 그림자 길게 휘장을 드리우면
어디 든 떠나보고 싶은
앉은뱅이 풀들의 항변인 듯
노을은
처연한 아름다움으로 불이 붙는다

겁을 흐르는 눈물의 시간 속에
그저 견뎌야 하는 질펀한 하소연은
오늘도 현재 진행형으로

역마살의 핑계마저 허락되지 않는 생

눈물이 다녀간 밤처럼
내일의 하루도 젖으며 피는 속내

ME TOO

행여 너의 기별인가
장례 지낸 긴 문장들이
풀 먹인 무명옷처럼 걸어온다

너를 보내던 날에도 마른 옥수수밭에는
통곡 같은 바람이 지나고 있었지
파쇄된 이야기를 땅속으로 보내며
생존의 이유마저 구차했던
젊은 날 한 페이지 속

행마다 피가 튀었던 절규와
단락마다 사람이고 싶던 간절한 언어가
시대의 이단으로
주홍글씨로 매김되었다

생소했던 미투의 역사는
영원한 밀봉이다
〈

단절을 포개어 뒤란으로 숨어든 나의 침묵에
도둑놈 풀처럼 엉키는
옹이 같은 생명 하나
수많은 SOS를 타전하던 절망이
허허로운 겨울 산 밭에서
옥수숫대 흔드는 바람으로
나의 안부를 묻는가

2부

메디슨 카운티의 다리로 갈 거야

몽돌해변에서

산 그림자 무겁게 끌고 온 어둠
이불 펴듯 해변을 덮는다

행성 밖에서 밀려온 물의 애기들은
바위를 애무하고
유영하던 별 하나
반딧불 같은 램프를 켜고 거푸집을 짓는다

왜 이제 왔냐고 잘 살았냐고
안부를 물어주는 밤바람이 귓불을 간지르고
너울은 몽돌을 만지며 오르가즘을 앓는다

아직도 갚아야 할 원죄가 남았는가
생의 멀미를 토하며 오욕을 행군다

빌려온 삶이 아니라고 배제된 생이 아니라고
파도는 그만 가라고 손사래 치고
세월로 바느질한 옷을 입은 등대는
모호한 듯 입을 다문다

메디슨 카운티의 다리로 갈 거야

트루먼 쇼 같은 나의 무대가 끝나는 날
노을이 되어 떠날 거야

꽃을 조문하며 마음 밭에 씨앗 하나 뿌렸더니
싹대 하나 눈물로 녹아버리고
마당엔 언제나 바람이 서성이네

화려한 말솜씨도 없고
박신박신한 허물과
한 박자 늦게 가는 이력으로
닳아버린 뒷굽 같은 생이였어

퀵 서비스로 배송된 불행을 반송할 수 없어
나의 시간은
필라멘트가 나가버린 알전구처럼
늘 저녁이었지

외로움과 쓸쓸함은 수선할 수가 없어서

압축된 파일 속에 숨겨버렸어

커튼이 내려지면
가녀린 풀등에 앉았다가
숨 가쁜 여울을 달리다가
말간 달빛의 애무에 혼곤한 꿈을 꾸다가
사랑받지 못한 푸석한
기억을 지우며 나는 그렇게 노을이 되려 하네

그리하여 긴 줄기의
서사 끝에 서 있는 메디슨 카운티의 다리로 갈 거야
먼 길 다녀와도
늘 거기 기다리고 있을 그대에게

꽃샘추위

간밤 창밖의 수선거림은
당신의 도착을 알리는 기척인가요

밤새 창문을 두드리고
석류나무 잔가지를 몸살 나게 흔들어대는
셋째 첩 같은 암팡진 속내에
새순 하나 다시 입 닫아버립니다

집착이 떨구어 놓은 체기에
명치가 아픈 경칩의 아침
멈춤마저 허락되지 않는 섭리를 역행하는
표독스런 앙탈의 행보에
발신자 이름마저 젖어버린 봄의 편지는
처마 끝 고드름으로 얼어 버립니다

저기쯤에서 주춤거리며 멈추어 선 따뜻한 바람을
도리질로 밀어내는 시샘
가기 싫은 울화를 마당 가득 흩뿌려 놓고
슬금슬금 본처의 눈치 보듯 뒷걸음질로 갑니다

별똥별

다 타버릴 수 없는 열망을 가둔 채
겁의 거리를 찰나에 왔습니다
모자람으로 해바라기처럼 맴을 돌다가
커튼 틈새로 반짝이던 등불
가슴에 담고
나의 하늘을 이탈해
이슬을 업고 살포시 앉은 풀밭입니다
신음마저 가두고 이방인의 낯가림 하며
당신의 별에 앉은 나를 그대는 알았을까요
날마다 눈 맞춤에서
나는 당신의 별이었고
그는 또 다른 하늘에 나의 별이었습니다

긴 마음 잘라내며 내려앉은 나의 삶은
타다만 까만 돌멩이일 뿐입니다
물끄러미가 된
짝사랑입니다

빈속

수반에 갇힌 고구마 촉수를 내밀었다
길을 묻는가
하지 정맥류 같은 꿈틀거림이 창가로 길을 낸다

빈 몸으로 곁방을 틀었다
고물고물한 새끼들 보듬고 눈치 보며 산다
밤새 웃자라는 키가 대견해도
토닥이지 못하는 셋방살이
문서 한 장에 휘갈긴 사인으로
내일을 파종할 땅을 잃었다
한 평의 밭도 없이 남의 땅에 터를 내리던 날
살아야 한다는 이유가 내 안에서 움트고 있었다

마디마디 미쁜 내 속엣것들이
샛강의 말간 물줄기처럼
어미의 허기진 하루를 끌며 간다
누구의 소유도 아닌 저당한 삶이 아닌
온전한 삶을 상속하고 싶은 기도로 속을 게워낸다

마르는 심장에는 빈 입맛으로 적시며
마지막 1g의 수분마저 내어주는 허물만 남은 몸피
갈잎 같은 가슴 위로
염낭거미 한 마리가 터를 잡는다

달맞이꽃

스스로 입 다물 일 없다

바람이 귓불을 애무해도
뜨거운 햇살이 입술을 포개어도
빗줄기 퍼부어도 입을 열지 않는
저 속내

억장이 무너진 치부를
부끄럽거나 억울하거나
동이동이 울분을 토해내도
횡포는 느슨한 웃음을 웃는다
항변마저 의미 없는 생이다
꿰맨 상처에 삶의 이유를 수혈하며
봄이 가는 뒤란에서 호흡을 조절한다

날 선 언어들은 파생어로 되돌아오고
텃밭은 접근 금지 푯말이 세워지고
주홍글씨가 수놓아진 수의를 입고

주워온 자식처럼 숨어든 어둠 속
발가벗은 상처를 갈무리하며
정지된 듯 숨을 참는다

모질게 흔들던 바람은 잠들었을까
절망이 한 생의 울음을 기억하며
반납해버린 삶의 뒤란에서
묽은 어둠으로 쓰는 언어는 ME TOO

허락되지 않는

나의 신열에 매화가 피고 있다

벽을 향해 면벽한다
아주 사소한 것들로
싸움이라도 해볼 누군가가 절실하다
수령 같은 쓸쓸함이 통증이 되는
내 그림자마저 반가운 날들

끊어진 인연을 보내며 분노하던 불혹의 시간
갈망하던 버킷리스트마저 허물 벗듯 묻어버렸다
잔설 쌓인 고사목 위에 그를 흩뿌리고 돌아설 때
나의 체별은 끝난 게 아니었나

수술 자국 위에 연고를 바를 수 없을 때
꽃내음 살금거리며 창틈으로 스며들 때
겨드랑이 살 냄새 코끝에 맺히는 새벽
먼길 다녀와도 또 거기 있을 사람이 그립다
〈

고독과 외로움의 또 다른 말은
익숙한 편안함이라는
어느 시인을 열 번쯤 죽이는 봄밤

마스크

봄도 아닌 것이 꽃이 피는 날 날아왔다
미세보다 더 미세한 것의 횡포에
건너기 싫은 다리를 건너 가버린 친구의 울음을 만났다
분꽃이 피는 아침
건너기 싫은 다리가 건너와 인사를 한다
아직 놀다 갈 봄이 남았어요
도리질로 밀어내며 대문을 걸었다

반납한 자유와
빼앗긴 일상과
잃어버린 표정은
지금쯤 돌아올 준비를 하고 있을까
예고도 없이 시름시름 앓고 있는 몸살의 끝날은
어떠한 그림으로 펼쳐질까

허투루 오가는 건 아무것도 없다

종탑 위엔 참회가 울며 앉았고
성수처럼 장맛비가 쏟아지지만
결벽한 병자가 되어 수십 번씩 손을 씻는다

〈

노아의 방주가 필요한 시점일까
쉿
N분의 1쯤 자성을 위하여
입 위에 걸쇠를 채웠다
생존을 염원하는 기도를 되새김질할 뿐
빼앗긴 들에도 봄은 오는가[*]
옛님의 노래가 그리워진다

거울도 안 보는 여자들이 늘어나고
내 입술도 립스틱 지워 진지 오래다
거리엔 하얗고 검은 마스크만 동동 떠다닌다

포기를 배우지 못한 역사가 아니더냐
너를 만질 수 없는 거리에 두어도 우리는 한곳을 보기에
이 또한 지나가리라

*이상화 시 제목 인용.

마스크 2

온유의 꽃들인가
철 지난 함박눈
순백의 이불이 되어 어둠을 덮고 있다

실종된 자유가 돌아올 준비를 하는지
TV는 백신 접종을 타전하고
꽃 같은 아나운서는 꽃 소식을 나른다

냇가엔 뾰루지 같은 새움이 트고
바람이 지나는 강가에
거리 간격도 없이 억새들이 몸을 부빈다

봄은 또 우리에게 무엇을 줄까

대문을 열어보자
내 우편함에도 희망 하나 도착했는지
어젯밤 꿈속에 까치 한 마리
반가운 울음을 놓고 갔다

〈

살며시 마스크 벗어놓고
아무도 몰래 참꽃 색 립스틱을 발라본다
간격 없는 하루가 저벅저벅 걸어오는
입춘의 아침
건너편 교회의 종탑에
간절한 기도가 불러온 봄이 앉아있다

일몰

코드블루, 코드블루
하얀 공기 속에 퍼지는 다급함
하늘엔 떨어질 별조차 없는데
세브란스 병원 꼭대기엔
캄캄한 어둠 위로 일몰이 지려나

워밍업

몽유병 환자처럼
덜 깬 잠 가방에 구겨 넣고
얼어붙은 새벽 휘청이며 오른 기차
숨쉬기도 무거운 적막과
타임캡슐에 뉘어버린 불안한 영혼
널어놓은 빨래 걷듯
주섬주섬 마음 거두며 떠난 만용
보이지 않는 터널의 출구에
엄습하는 통증 다독이며
닳아버린 생의 표면을 코팅하고 싶은 바람이
순한 손짓으로 미명을 불러낸다
텅 빈 까치집 매달고 사는
미루나무 한 그루 선 역사에
돌아갈 이유를 찾듯 나를 내리고
회억할 것도 없는 어제를
자판기 커피에 타서 마신다
대학병원행 열차가 서는 허허로운 눈밭 위에
또 한 번의 요행을 기도하며
면도날 같은 햇빛 조심히 품는다

겨울을 밀어내며

기별 없이 밀고 온 바람
온기 없는 아랫목에 식구처럼 누웠다

여밀 옷깃마저 남루한
허기지는 계절에
앓으며 사는 한 생의 쓸쓸함이
윗목에 서성이고

얼음장 밑으로 불어오는 실바람 한 올이
아궁이의 재 냄새 같은 소식을 보내온다

한걸음 늦어지면 어떠랴
잔잔한 물처럼 봄이 오고 있는데

장독 뒤 홍매화 나무에
붓끝의 터치처럼
한 점 붉은 망울이 맺히고

해묵은 절망이
늙은 고욤나무 사이로 겨울을 밀고 간다

빈집

일상인 그의 부재에
저녁연기 사라진 굴뚝

식어버린 부뚜막엔
진통으로 발효된 검버섯이 피고 있다

송진 껌처럼 체념을 되씹고 살아도
풀 먹인 삼베처럼 접히지 않는 자존

비 묻은 안개같이 고요가 숨을 참고
차마 미안한 듯 바람마저 정지된 아침

환청처럼 대문 미는 어떤 기척에도
빈집인 듯 숨죽이는 부끄러운 기다림

뀐 돌이 물에게

그냥 흘러가세요
요염한 속살 부비며 속삭이지 말고
어젯밤엔 나뭇잎 하나 동동 떠가다가
허리춤 휘감아 돌며 농염하게 웃습디다
산고의 고통만 고통이랍니까
정 맞아 쪼개진 몸
오래된 개울가에 누웠습니다

그냥 흘러가세요
가다 힘들면
햇살 고운 개울 한켠에 비켜앉아
두고 온 옛님이라도 그리워 해보시고
행여 '메디슨 카운티의 다리' 까지 가실 수 있다면
멋진 사내 '로버트' 도 만나 보세요

주저앉아 울며 잡아도 그대는 어차피 떠날 몸
수많은 모습으로 오는 당신과
또 다른 몸짓으로 왈칵 안기는 그대를 보내며

무심히 이끼 낀 모습으로 보내고 또 보내며 살 뿐입니다

그러하니 그대여
그냥 흘러가세요

뒷굽

명품 구둣가게 진열장 앞에
욕심을 껴입고 취한 듯 섰다
탱고의 리듬이 꿈같이 흐르고
햇살의 파편 같은
샹들리에 불빛이 눈부시다

유리창 저쪽
이방인 같은 내 모습엔
실밥처럼 구차함이 붙어있고
마모된 뒷굽은 자존과 비례한다

외면할 수 없는 청첩장이
손짓하는 오늘
낡은 신발장보다 더 삭은 구두 한 켤레
내 이력처럼 늙었다

부끄러움을 신고 걷는 보도블록엔
그래도 따스한 바람이 불고 있다

도로의 틈새에도
미세먼지 뒤집어쓴 질경이 싹이
피어도 괜찮은지 물어본다
나에게도 아직 수많은 봄이 남았기에
탱고 흐르는 핑크빛 구두에 이별을 유예하고
질긴 뒷굽이 되어 길 위에 선다

경로 우대석

2호선 신도림역
무거운 생존을 끌고 선 열차는
오래된 천식으로 밭은기침을 한다

환승의 긴 터널에 들숨이 가쁜 그녀
관절마저 불협화음의 신음을 앓는다

생의 표면을 코팅한 그녀는 경로석을 비켜선다
아직 도착하지 말아야 할 이방인의 의자처럼
난 아직 아니야
45도쯤 외면하고 선 오만함이 부끄럽다

솜털 같은 청춘 은밀한 연애질에
마른 입맛 다셔보는 그녀
아직은 분홍빛 세포가 남았을까
내밀한 웃음 웃어본다

노인 우대 치과 임플란트 40% 할인

가자미 눈으로 마음에 적어두는 광고
그만 앉으렴 너의 자리야
경로석 의자가 손짓한다

폐지 같은 자존이
이미테이션 가방처럼 무거운 오후
애국을 짊어진 할배 굽은 등위에
태극기 한 장 졸고
경로우대 좌석에는
먼길 걸어온 검버섯 핀 하루가 쉬고 있다

고주박

어둠에 갇혀버린 생이었다
쌓지 못한 공덕으로
한 모금의 수분마저 허용 않던
마디마디 공이가 된 극한의 통증과
제 살마저 개미에게 내어주며 썩어지던
가없는 삶이었다

BTS 음악이 춤추는 거실
로봇 청소기도 리듬을 탄다
식구처럼 들어앉은 나한의 얼굴을 한 부처
둠칫둠칫 어깨를 들썩인다

가늠할 수 없는 나이테에
아우를 수 없는 사유
바람을 연모하며 꽃으로 피길 기도했다

굴피 같은 장인의 손끝에서 다시 태어난
썩은 나무뿌리
부처의 형상으로 오신 내 어머니
나의 거실 창가에 앉아 봄처럼 웃으신다

고슴도치

영등포 역전 지하상가 계단
서너 살배기 아들놈 끌어안고 엎드린 여자
빈 깡통에 떨어지는 동전의 금속성 소리에
아들놈 입가에 동전만 한 웃음이 번진다
누구에게도 날을 세워보지 못한 그녀
평범을 반납하던 날
견고한 벽 속에 자신마저 가두어 버렸다
이탈해 버린 삶의 기억이
다발성 통증으로 툭툭 불거진다
내가 입을 상처보다 상처를 입힐까 봐
연분홍 살갗 위에 촘촘한 가시를 심었다
한 뼘으로 보이는 계단의 출구에서
날카로운 바람이 내려오고
프리즘 같은 햇살 한 줌 꽃잎처럼 팔랑인다
덤불 같은 지하상가엔 폭정 같은 이명이 울리고
노숙자 명찰이 주홍글씨로 새겨진 누덕진 입성에
혼탁한 오늘이 두려운 날
아들놈 끌어안고 웅크린
너와 같은 육신 위에
공존하고 싶은 간절함의 바늘이 한 뼘씩 웃자란다

고사목의 반가사유상

여백 같은 함백산 한 자락
점 점으로 찍힌 눈밭의 주목들
고승들의 법회인가

살아 천년 죽어 천년
수만 가지 사유들로 뒤틀린 통증과
이승도 저승도 아닌 모호한 경계에
정토를 향한 비움의 기도만 간절하다
천년의 단근질도 모자라
사후의 체벌마저 감당하는 너의 몫

밤마다 도망질에
아미타불 동행하던 동자승도
선술집 여인의 젖무덤이 애절하던
불목하니도
어느새 천년의 옷을 입고
분분한 춘 설 밑에
오백나한의 형상은

열반을 향한 혹독함이다

정선 카지노 불빛을 향해 면벽하는
생 천 사 천 다 살아버린 반가사유상 아래
아수라 같은 영혼 거두어 가시라고
먼저 간 사람의 넋을 춘설처럼 뿌려 본다

그들

봄이 졸고 있는 인사동 골목길과
취기가 비틀대는 해장국집 모퉁이에
햇볕의 색깔이 달라진 가을
종각역 계단에서
그들은 콧잔등을 찌푸리며 하늘을 본다

일곱 번이나 떨어진 출마를 안주 삼아
돈키호테 같은 허상의 몸짓으로
물처럼 마셔대는 소주잔
무교동 지하 술집 벽에 휘갈겨 쓴
'낙선도 이력'이란 낙서가 허망하다

역사의 복판에서
폐 속 가득하던 최루탄 가스와
해가 지는지 밤이 오는 지 잊은 지하실에서
울분으로 포효했던 암울했던 청춘

이념이란, 오만이었다고

토악질 같은 쓴웃음 뱉으며
빌딩 위에 어둡사리 내려앉을 때
인사동 골목에도 그가 있고
낙원 상가 대포 집에도 그는 서성인다
그만 뉘어도 좋을 육신으로
청진동 해장국집 나무탁자에도 앉아
오늘도 몇 사람의 그들을 난도질 할까

지공 선생 된 지 오래된 귀갓길
폴폴 먼지 나는 지갑엔
약력이 십리 길 같은 명함이
노약자 좌석에서 잠들었다

하루살이의 기억

허락된 잔치는 끝났다
민낯의 알전구가 토해내는 습한 빛을 타고
마지막 춤을 태우듯 저공비행을 한다
다시 만나야 할 사유가 분명한 듯
이별은 나누지 않는다
무대는 커튼콜을 치고
또다시 올 다음의 생을 위해
먼길 날아온 날개 살포시 접는다

스무 번도 넘는 죽음의 고통으로
허물을 벗는다
유리 같은 햇살의 손을 잡고
춤출 수 있는 내일을 꿈꾸던 아픔과
무기력했던 기다림도
환생을 위한 간절함이었다

수면을 차고 날아오르던 날
가로등은 찬란한 서치라이트였고

군무를 추며 날던
우리들의 첫 공연은 황홀했다
삶의 정액을 배설하며
처음이자 마지막 사랑으로
젖은 날개를 말린다
물속에 노을이 지는 시간
내일을 하루만 더 살고 싶은 기도는
번 아웃 되고
여린 숨
또 다른 윤회의 하루를 위해
기억을 저장하며 겁의 시간으로 든다

포장마차

나신의 알전구는 오한에 떨고
하루만큼의 노독은 참이슬을 핥는다
오늘을 닫는 시간
또 다른 속내들이 밤을 열고 있다
얇은솥의 김처럼 좌절이 너울대는 천막
동상이몽의 꿈들이 어깨동무를 하고
석쇠 위의 곰장어는 판토마임을 하고 있다
몽환처럼 술이 익고
오늘은 몇 사람을 죽일까
난도질당한 나라님 애도하듯
꺼이꺼이 울음 같은 트롯 한 자락
진혼곡처럼 밤을 덮는다
세상 시름 토악질로 게워내던 여자는
사내의 허리춤에 숨어 모텔의 네온으로 빨려든다
마지막 잔을 위하여 막차를 놓친 군상들
뚜벅뚜벅 어둠을 끌며 가고
사위어 가는 연탄 위에 얹힌 대리기사 언 손위에
암울한 새벽빛이 한숨으로 내린다
설거지 끝낸 천막엔
암울한 내일이 벌써 와서 앉았다

첫줄

밤 사흘 낮 사흘
씨줄과 날줄을 걸어 본다
손톱 밑에 자줏빛 꽃망울 하나 맺혔다
아귀를 비틀고 모서리를 끊어내고
풀 먹인 실타래에 기도를 입혀 본다
깨진 유리 같은 햇살 복사되어
와르르 쏟아지는 시간
가난한 감성은 눈을 감는다
배설되지 않는 생각과 매몰된 서정은
유효기간이 지났는가
첫 줄마저 걸어보지 못한 모자람
봄날의 꿈이었을까
내려놓을 것도 없는 보따리 하나 던져버리고
부끄러워 겨울 커튼을 내린다
초라한 허세가 부끄럽다
야윈 언어라도 좋다
다림질한 행간에 첫 매듭을 걸었으면 좋겠다
창밖은 봄이 충실하게 여무는데
행간 사이로 유린하듯 바람이 지나간다

목마름

텅 빈 폐광에 허허로운 상실만 넘실댄다
아득함과
행여의 미련으로 주워보는 이삭 한 톨
욕심마저 보태진 갈증에 자존은 멀미를 앓고
새벽이 올 것 같지 않은 어둠을 만지며
에스프레소 한잔 처방한다
A4 용지에 떨어지는 한 방울 눈물이 너였음 좋겠다
늦게 온 후회와 내 진열장의 가난과
유통기한 끝나가는 두려움으로
한 줄의 문장마저 쓸 수 없는 내 심장에
피가 마르고 있다

첫눈

그리 급했을까
크리스마스 반주 삼아
나붓나붓 춤추며 오셔도 좋으련만
아직 내 뜰에는
못 떠난 가을이 서러운데
미완의 작업으로 충혈된 새벽을
순백의 이불로 덮어준 십일월의 선물

시린 마음에 바를 문풍지 한 장과
무모하지 않을 사랑 하나와
기약 없는 못다 한 작업까지
장삼 빛 하늘이 토해내는
온유의 꽃들에게 빌어본다

손수레 할머니

고마워요
쓰다만 A4용지 한 묶음에
할미꽃 같은 허리가 더 휩니다
칡넝쿨 같은 심줄에 한 장의 폐지도
무거운 손입니다
그녀가 수레인지 수레가 그녀인지
전생부터 한 몸이던가요
헐거운 틀니처럼
뱉고 싶은 절망이 더 무겁습니다
사라져 가는 집배원 가방 위에
기다림 마저 실어 보내고
밀봉했던 숨 토해내는 가난한 생존입니다

혼곤한 노을처럼 봄 따라가는 꽃잎처럼
묽은 어둠이 내리는 저녁나절에
사르르 눈 감으면 얼마나 좋을까요

하늘까지 도착하지 못한 기도인가요

오늘도 한 올의 북서풍에 마음을 붙이며
업보 같은 누덕한 생을 싣고
도돌이표처럼
좁은 골목을 돌고 또 돕니다

가을꽃 닮은

– 곽영호

송홧가루 날리던 추억으로 산다
발아래 보랏빛 산국화 한 송이 피워내
바람하고 나누던 옛이야기
그 내력 유장하고 지난 사연은 재미지고
품은 사랑의 향기 무진하다

가을의 여인 그대
꽃을 피우기 위해
만나고 보낸 인연과 따가운 상처와 아픔들
그 사연 한 땀 한 땀 수 놓으며
숨겨진 이야기 알알이 모아
쌈지만 한 꽃밭 하나 만드시구려

보았잖소
솜 저고리 같은 자줏빛 꽃잎 지고도
실낱같은 하얀 꽃술로
파란 하늘을 붙잡는 할미꽃을
시와 맺은 인연 시로 늙으소서

3부

머무르고 싶은

다정으로 뜨는 장갑

커튼 사이 비집고 들어온 햇살
한 올 한 올 빗질하고
공기 청정기 속 바람 한 움큼 쓸어와 얼레질하고
어떤 냉기도 녹여줄 다정으로 색 입히면
보솜한 양털실에 분홍색 꽃이 핀다

오랜 상흔에 빨간약 바르고
늙어버린 편린들 마저
너의 입김으로 호호 불어주면
솜털 포근한 할미꽃으로 피는 할미

꿈처럼 안겨 온 너를 보듬고
마음으로 짜는 뜨개질에
나를 치유하는 안온한 날
찬란한 너의 웃음도 담아서 뜨는

열무밭의 면장갑

손바닥만 한 텃밭에 삼대의 꿈이 자란다

다섯 여섯 살 포롱포롱 한 남매와
오월의 나무 같은 아들 내외와
보숌한 목화 같은 할미가
텃밭보다 더 큰 짐을 싣고 여행 가듯 떠나는 주말
차 트렁크에선
캠핑 도구들과 호미와 먹거리들이 신났다고 손뼉을 친다

선비 같은 아들
열 켤레 면장갑 한 묶음 꺼내놓고
대책 없는 눈빛 보내던 이른 봄날
햇살이 발효되는 남새밭에 열 가지도 넘는 희망을 뿌렸다

감자잎에 바람이 숨어 놀고
청상추 잎에 기름이 흐르고 방울방울 맺히는 토마토에

손주 웃음이 통통 구르는 오후
열무 줄기에 푸렁푸렁 유월의 살집이 오른다

영역 표시하듯 세워둔 푯말 위에
농사꾼인 듯 자랑하듯
아들이 얹어 놓은 흙 묻은 장갑 한 켤레
갈쿠리 손으로 지심 매던 내 엄마가 보고 싶다
삼베 적삼 섶에서 쉰 냄새 풍기며
보리쌀 뜨물 풀국으로 슴슴한 열무김치 담그던

꽃보다 이쁜 식솔들의 꿈밭에
일몰이 붉은 붓칠을 하는 해거름
내 소쿠리에 열무 한 움큼 담긴다

접안

선불리 허락하기 싫은 걸까
한발마저 내리지 말라는 듯
너울은 뱃전으로 널을 뛰고
바람은 칼춤을 추고 있다
이사부의 호통처럼
파도를 밀어내는 바위의 고함에
햇살도 미안한지
장삼 같은 구름 뒤에
숨어 떨고 있다

주워온 자식처럼
위리안치된 죄인처럼
뱃고동마저 목이 쉬는
먼바다로 쫓겨난 것 같은 서러움
얼룩진 페이지 속으로 들어가
역사를 다시 쓰고 싶은 치욕을
바람으로 파도로 쓰고 있다
부당한 악수가 억울해서 빗장을 걸어버린

동도와 서도의 울음인가

반송된 소포처럼
구겨진 뱃머리를 돌리며
지켜주지 못한 미안함에
다시 올 약속마저 두렵던 날
갈매기가 물어다 놓았을까
일그러진 바위섬의 얼굴처럼
물에 젖은 신문지 한 장엔
다케시마 날의 행사 사진이
덧칠한 웃음으로 웃고 있었다

족은 영산이 왓 불턱*

바람이 휘돌아 나가고
벳바른 빌레**에 무료함이 굳어간다
시간이 멈춘 벼랑으로 파도가 쉬엄쉬엄 오는 날
몇 사람은 앉았다 가고
몇 사람은 건너다보고 떠나는
아무것도 아닌 것 같은
팻말만 덩그렇게 절벽을 등지고 선 둔턱
사위는 모닥불에 호호 두 손 불던 생의 통증이
키 작은 소나무에 걸려 바다를 향해 펄럭인다

문어 해삼 소라 성게
물속의 이야기까지 토해내던 망사리와
몇 번을 땜질한 낡아버린 물옷과
다림질하고 싶다던 할망의 주름까지
흔적이 닳아버린 비탈에
호이휫 호이휫
휘파람인 듯 숨비소리인 듯
불러오고 싶은 과거가 푸석한 잔디를 만지고 간다

〈

안락한 휴게실에 새살림 차려 떠나버린 해녀들
꾸덕꾸덕 말라가는 보고픔을
택배로 부치고픈 족은 영산이 왓 불턱
지워지지 않는 거품 같은 기억들
모퉁이 돌아가는 철새 등에 업혀 보내며
잊혀져도 좋을 그저 그렇고 그런 추억이 아니라서
그리워하며 그리워하며
일출봉 가는 관광객들
무심한 방문으로 허기를 떼운다

*해녀들의 쉼터 **햇볕이 잘 드는 언덕

천지연 폭포

시작의 꼭짓점에 섰다
모든 출발은 추락을 예고하듯
천지연 폭포 물기둥이
울컥울컥 기억을 쏟아낸다

바위를 다듬질한 길 위에
물보라가 피워낸 일곱 색의 하늘 꽃이
햇살의 파편을 잡고
찬란한 춤을 추고 있다

걸러내고 비워내고 가벼워지는 순간들
쉬웠을 리 없다
세상의 모든 길을 돌아온 우람한 숨소리는
해탈의 언어다

버려야만 갈 수 있는 여정의 끝날에
품을 여는 어머니의 바다는
또 다른 시작의 출구인가

〈

어느 봄날에 다시 이 언덕에 서면
재회의 화두로
나는 윤회를 말하리라

살기 위해 떨어지는 너는 물의 꽃이다

월정리의 바다

밤새 달려와도 여기쯤이다
그리 급할 것도 없는데
거품을 물고 달려드는 심술
흔적 없는 이야기들 물어다 놓고
모서리마다 앙탈을 비벼대는 저 빈 속아지
씻어내고 헹궈도 검은 돌엔 분노의 기억이 숨죽이고
숭숭 뚫린 구멍마다 까슬한 아픔이 고여있다

우선 멈춤도 없는 일방통행의 벼랑에서
가보지 못한 길을 성급히 간 그는
지금쯤 수평선 넘었을까
혼 굿의 긴 명줄처럼 노을빛이 길고
목 쉰 무당의 진혼곡이 행원리를 떠도는
한 단락을 통곡으로 쓰며
바람으로 안부를 타전해 본다

달 가는 길 따라 빈 마음 채우듯 쓸며 가는 썰물
못다 푼 속내를 보글보글 뱉어내며

되돌아가는 뒷태가 애잣다
풍차의 긴 손과 쉬엉 목에 핀 배롱나무꽃이
파도를 붙잡는다

쉬엉쉬엉 갑소예
놀멍놀멍 갑소
가도 또다시 올 수밖에 없다고
방파제에 누워 하룻밤 자고 가도 괜찮다고
끝은 또 다른 시작이라고

섭지코지*

조그마한 그 땅은
슬픈 여인의 새가슴이다
아직도 잊을 수 없어
와락와락 파도가 달려들고
상사처럼 송이의 붉은 꽃이 열리는 절벽에
망부석이 되어버린 선돌 바위
세상의 모든 이별 다 안고 섰다

닳아빠진 뒷굽 같은 이력으로
치유를 위한 피접의 행보를
일출봉에서 건너온 햇살이 어루만지고
손바닥 같은 가련한 땅이 보듬어 안는다
유채꽃 치마폭에 누워
하루쯤 멀미를 앓아도 좋겠다

눈물이 모이면 저런 색이 될까
진쪽빛 물이랑에
감추어둔 후회를 꺼내 씻으며

뒷걸음 걷는 봄 편으로 엽서 한 장 부쳐본다
이루지 못한 사랑이 전설뿐이랴

새삼스러울 것도 없다는 듯
미련이 각질처럼 포개 앉은 벼랑 위를
솔개 바람 훑고 지나가면
더는 물러설 수 없는 절벽에서
섭지는 코지를 밀며 작은 땅을 넓히고
봄을 버무린 화산섬에서
나는 이별을 유예한다

*서귀포시 성산읍에 있는 곳. 바다로 돌출되어 나온 구릉 지대. 해안은 붉은 화산재로 이루어져 있다.

비자림

심성의 매무새를 고쳐매고
천년의 기억 속으로 귀를 연다

향기가 저장된 요람 속
하늘이 전하는 이야기 두런두런하다
바람 한 올도 고개를 숙이고
숨골 밑 물길도 숨죽여 흐른다
한 뼘의 햇살도 내려올 수 없는
왁왁혼* 숲속은 부여받은 질서를 기억하며
저마다의 수령을 채운다

팔백서른 살 노거수 우듬지에
곤줄박이 문안이 또랑또랑한 아침
숲에다 걸어두고 간 사람들의 기도가
오늘의 화두가 되는 동네
바다였던 섬 이야기 출렁이고
숭숭 구멍 뚫린 용암의 기억은
붉은 꽃으로 태어난다

〈

7년마다 묵은 옷을 벗는 비자 향은 섬을 휘감아 돌고
나이테를 숨겨두고 푸른 잎만 출렁이는 젊음
가지와 가지가 깍지를 끼고 서로를 보듬고 산다
곁방을 내어주고도 모자람이 없는 풍요
몇 생이 지나야 저렇게 편안할까

가지고 온 까칠한 아픔 한 조각씩 버리며 간다
끝없는 전설들이 숨을 틔워서
곧 와야 할 나의 끝날엔 이 숲속에 누웠으면 좋겠다
내 기도 하나 걸어놓고 간다

*'어둑한' 의 제주 방언

기다리는 성산포

한치잡이 집어등도 꺼진 새벽
튼실한 종아리에 성근 소금을 매단 사내
성산포구 새벽을 밀어내며 목로에 앉는다
만선의 깃발 위 아우성이던 바람도 잠들었다
등대마저 외눈을 감으면
다리에 열린 소금보다 더 짠내 나는 쓸쓸함과
아득한 기억 하나
겨드랑이 살 냄새가 매달린다
허허한 빈집이 서름해서
이슬 한잔에 소금 한 알로 허기를 때우고
기다림이 지루해서 또 소주 한잔에 눈물을 달래본다
단절의 속내도 모르면서
이별이란 말이 낯설어서 떠나지 못하는 긴 여름
열어주기 싫은 일출봉을 애무하듯
안개가 산허리를 감아 돈다
마셔도 마셔도 맑아 오는 심사
꿈에서라도 오려는가

서너 평 작은 슬레이트 집으로 휘청이며 오르는 젖은 몸
끝이 되는 하루가 시작되는 하루가
접신하듯 일출봉으로 해가 솟는다
여객선 터미널에 정박한 보고픔이
신음을 깨물며 물로 든다

기다려도의 숨비소리

사방 백 걸음 손바닥 같은 섬
키 작은 등대 위에 숨비소리가 기다려요
피 접 온 딸년의 식솔을 위해
팔순의 상군*은 인어가 되지요
가쁜 호흡으로 뿜는 휘파람이
저문 노을에 휘청이네요
짊어진 허벅일랑 상속하지 말자고
숨을 참던 해녀
팔순의 고개 위에서 기다려 달라고 빌어요

제주의 작은 해변 함덕
마음으로 오는 기다려도에는
당신이 잠든 밤에 피는 꽃도 있어요
관절마다 피어나는 열꽃으로 한숨을 펴 올려
은발의 붓으로 그린 그림 동백이라 부르죠

부레같이 동동 뜬 섬
설움으로 핀 동백의 흰 가지에

불안 불안한 하루가 걸렸네요
비행기 삯 걱정에 물로 드는 어머니
건져 올린 빈 망사리에서
호이휫 호이휫
애 녹는 숨비소리가 흘러요
시간을 껴입은 주상절리처럼
어머니의 주름도 깊이를 더 합니다

물 위를 나는 비행기에
돌아가야 할 수심을 실어 보는 날
그만 가자고 일몰이 자꾸만 돌아봅니다

*연륜이 깊은 최고의 해녀

제주 동백꽃

4,3 평화공원 가는 길
싸락눈 내리는 마을 어귀 동백꽃 울며 떨어지네

아직도 덜 아문 상처에 꽃부리 떨어진 꽃잎처럼
붉은 피가 배어있는 동네
그날의 흔적같이 숭숭 구멍 뚫린 검은 돌 위에
각혈처럼 동백이 지고 있어

금기였던 기억에서 치유의 기억으로 오는 칠 십여 년
저 붉은 동백은, 동박새는 얼마나 핏빛 울음을 울었을까
두툼한 저 입술 꼭 해야 할 말을 물고
뚝
비명도 없이 목을 꺾어버리네

죽이지 마라 그만 죽여라 너희도 죽을 것이다*
바다도 우렁우렁 우는 날 목쉰 바람이 휘파람 부는 날

헤어지지 말자고 꽃잎들이 깍지를 끼고
포개고 또 포개어 눕는다

이유도 모른 채 생을 빼앗겨 버린 민초들의 절규를
붉은 꽃잎이 장편의 시를 쓰네
울분을 선혈로 쓰는 동백꽃 위로
이제 까치발 들고 저기쯤 봄이 걸어오고 있네

육지의 동백은 그리움으로 지지만
제주의 동백은 설움으로 진다네
침묵을 물고 눈물로 진다네

*정태춘 노래 '열사여 일어나라'에서 인용

삼월의 버킷리스트

섬진강 매화밭에 꽃잔치 보러 가자
확진자가 되어
꿈에서나 입던 분홍 원피스 입고
간격 없는 손 꼭 잡고
바람난 봄바람에 안겨
꽃 몸살 앓아도 좋겠다

오래 산 자의 잔기침이
미안하지 않아도 되는 오늘
내년 봄의 시간표
꾸며볼 수 있기를 기도하며
마스크 벗어 던지고
진달래색 립스틱 발라보자

핸드폰에 백신 접종의 알림이 뜨고
실종 신고 된 자유가
푸름푸름한 봄을 입고 나를 안는다
〈

잠겼던 대문의 빗장을 풀고
미세한 먼지와 미세보다
더 미세한 세균을 털어내고
잃었던 표정에 웃음이 피어나게
싹둑 잘렸던 작년 봄을 데려오자

화양연화

끼니 걱정 놓고
등록금 걱정 잊고
쌉싸래한 커피 한 잔과
작은 서재와
포근한 침대 위의 봄 잠과
꽃 진 자리에 흘려보는
사치한 눈물 한 방울과
마지막 서랍을 정리하며
클로이징 멘트를 두드리는
지금이
이곳이
화양연화

4부

기억 속으로

봄의 편지

떠나기 싫은 겨울 한 자락 숨어있는 내 꽃밭에
토라진 여인의 앞섶을 열 듯 가만히 두드립니다
먼길 오신 당신의 걸음에
목마른 연둣빛 꽃대 하나 입술을 엽니다

사는 것조차 미안하던 날
석회처럼 굳어 버린 나의 버킷리스트는
바람의 중간에서 길을 잃었지요
혼돈으로 오한을 견디던 시간
온돌 같은 따스함을 얼마나 그리워했을까요
산고의 호흡처럼 거친 숨 뱉어내며
출구를 찾던 기억들 속
순한 손짓으로 살그머니 젖어오던 당신

백 번을 읽고 또 읽어도 감미로운
허기진 마음 밭을 적시는 편지처럼
촉촉한 입맞춤을 어찌 잊을까요

친정집

허기진 심장에
저녁연기 같은 묽은 어둠이 걸어오면
찢어진 삶을 누덕누덕 기워입고
피접 가듯
익숙한 대문을 들어선다

뻐꾹새 울음 아득한 유월
상추쌈 한 잎 핑계로
천근이나 되는 걱정을 마당에 부리면
엄마의 무명치마에선 남새밭 냄새가 난다

부유물 같은 허허로움을 다잡지 못해
주저앉은 뜨락에
접시꽃은 엄마의 신열처럼 앓고
댓돌 위엔
아직도 아버지 신발은 부재중이다

산다는 건 견디는 것이라고

수선할 수 없는 상처는 없다고
눈물로 끓인 차를 내어주던
나보다 더 가여운 이가 그 집에 산다

초혼

그리운 날이 차올라
봉숭아꽃 볼우물이 터졌습니다
화르르 흩어지는 설움을 주워
새끼손톱에 심어 보는 날
오늘 밤 잠깐 다니러 오시면

모이고 모인 설운 기억으로
폭발하듯 터지는 붉은 꽃잎이
상처의 색깔임을 알던 날
초례청 원삼처럼 꽃물들인 수의를 짓는
노을이 되었습니다

비 묻은 바람이 마당을 지나는 날
시름 한주먹 한숨 두어줌 섞어
옥당목 천으로 싸매던 봉숭아 꽃물
겨울의 해 같이 짧아진 손톱으로
사붓사붓 첫눈을 기다리던 그 속내가
기다림인 걸 몰랐습니다

〈

몽니 같은 칠월의 빗줄기에
울음으로 쏟아진 꽃잎을 받아안고
작은 살평상 하나 폅니다
팔랑 하얀 나비 한 마리로
비릿한 유월의 바람으로
으스름한 초이레 달빛으로
짧은 꿈속이라도
어머니 잠시만 다녀가시면

소한 무렵

발가벗은 감나무 잔가지를 건드리다가
전신주 허리춤을 잡고 놀다가
새파랗게 얼어버린 바람이
문풍지 겹겹이 바른 내 창가에서
얘기를 하자고 보챈다

삭정이 같은 관절에 바람 든다고
군불에 녹아버린 아랫목에
단절처럼 누워버린 할매가
말간 겨울의 기억으로 다가선다

시오리 넘는 하굣길에
언 발 울며 오던 고개에서
무명이불로 섰던 할매
내리막길 절뚝이며 나를 업고 오던
야윈 다리가
동짓달 이야기로 저장된다
〈

숭숭 구멍 뚫린 뼈마디에 황소바람 나온다던
하마
그 할매가 되어버린 거울 속 늙은이도
폭군 같은 소한의 밤이 무서워
겨울잠에 들고 싶어 방문을 잠근다

색동 수의

웃고 있었다
쓸쓸한 빈 배에 누워
먼길 걸어온 마지막 페이지를 접는 날
초례청 원삼을 입은 어머니
분 바른 얼굴 위에 수줍은 듯 웃음이 곱다
바람둥이 아버지 만나러 가시는 날
꽃이 되고 싶은 바람이었나
울화를 가두었던 몸피 위로 팔랑
나비 한 마리 날아오른다

담배 냄새가 짙어지던 날은 몽유병을 알았다
몽니를 버선발로 꼭꼭 밟아가며 비우고 비우던 백
만 가지 수심
사립문에 걸려 못 가고 달빛이 숨어있어 못 떠나고
갓난 딸년 숨소리 귀에 박혀 못가던
사진틀 속에 갇힌 미늘의 시간들
똑똑 떨어져도 하냥 그 자리인 낙수처럼
제자리 걸음을 걸었다

갈매 하늘에 단장의 보고픔을 걸어놓고도
두레박처럼 설움을 퍼 올려 비워내던 하루들
결코 웃음은 당신 몫이 아니었다

저렇게 웃었던가
만난 적 없는 웃음이 피어나는 얼굴에
쉬어본 적 없는 쉼이 평화롭다
색동의 수의가 어여뻐서 웃음에게 미안해서
곡마저 죄가 되는 날
자유를 품은 나비 한 마리 허공으로 오른다

바람아

어린 대숲의 연약한 신음으로
마른 옥수수밭을 쓰다듬는 뜨거운 한숨으로
오래된 나무 대문을 가만히 밀어보는
그런 기척으로 온다

어디쯤 어떠한 모습으로
어느 마당의 봄으로 놀고 있다가
반송된 편지처럼 구겨진 몸으로 걸어오는가

언제든 오가는 만용의 행보에
한계가 초과 된 울화가 곰삭는다
비켜 갈 인연이었다면 도리질 몇 번으로 지워질까

숨죽인 분노를 베고 누운 밤
숭숭 뚫린 생각의 늪에서
비상 깜빡이도 없이 달려드는 서러움
풀무질하듯 일어서는 부당한 우울이
잠시

아주 잠시 잊어버리기도 해서 숨을 쉬었던
소소한 평온마저 휩쓸고 있다

너는 지금
어떠한 꽃을 휘감아 안고
흐느적거리는 춤 한마당 즐기고 있을까

다듬잇돌

달맞이꽃 입술을 여는 시간
동상이몽의 고부 휘모리장단의 방망이질에
어둠마저 호흡을 멈춘다

되새김질도 없이 삼켜버린 해묵은 속앓이를
접신하듯, 두드림으로 풀어내는
실타래 같은 이야기

턴테이블 위에 늘어지는 아버지의 노래도
일상이 부재중인 아들
가래 섞인 할매의 욕질도
서 말쯤 눈물 담긴 어머니의 기다림도
두드려 담고 포개어 담아도 스며드는 다듬잇돌

대숲 사이 소문처럼 바람이 일어서고
기왓장에 이끼 같은 새벽은 도둑놈처럼 기어오고
다듬잇돌 위에 포개진 아버지
아직도 잘근잘근 난도질 당하고

〈
훅, 호롱불 불어 끄는 검불 같은 할매
미안한 한숨이 잿물처럼 녹는다

또닥또닥
얕은 담 넘는 다듬잇돌 소리에
봄밤은 진부한 대하소설을 쓴다

걸림돌

쪽달이 상수리나무 가지에서 잠든 밤
다듬질 한 옥당목 치마 깃 동여매고
싸리문 밀고 길 나선 어머니

따라온 삽살이 돌팔매로 쫓아놓고
차마 뒤돌아볼 수 없어
쉿소리 나게 치맛바람 날리며
재도 넘고 내도 건넌 내 어머니

부엉이 울음에 놀라 숨 돌리는 마음 녘
어린 딸년 울음소리 송곳 되어 찌른다

외입질 간 아버지 기다림에 지친
서른도 안 된 풋각시 도망치던 밤

상수리나무에 걸린 쪽 달도 서럽고
부엉이 울음은 더 서럽고
푸른 새벽빛도 서러워서

〈

가던 길 돌아와 사립문 밀칠 때
감내 나는 한숨 위로 딸년 숨소리가 반갑다

뒤안길

감꽃 소복한 뒤꼍
햇살도 외면한 이끼 낀 돌담
댓잎에 숨어든 바람의 은밀함이
풍화된 기왓장을 쓰다듬고
늙어버린 감나무 까치 소리에
낮잠 깬 지집애
달큰한 웃음이 이쁜 날
콩밭 열무 한 줌 손에 들고
재 넘어오는 길에 마음이 달려가는
기다림에 미쳐가는 우리 엄마
술 내음 짙어지고
썩을 놈 뒈질 놈
잘난 아들 욕 바가지 퍼붓는 할매
짜증 묻은 두레박질에
내 아버지도 함께 깊은 우물에 빠지는 날

국수나무

나무 한 짐 짊어진 지게 위에
봄 한 다발 덤으로 얹은 뒷집 아재
헛헛한 시장기에 빈 입맛 다시는 해거름
국수 가락 같은 흰 줄기 거렁뱅이 덤불에
게으른 오월의 햇살을 몇 가닥 쓸어와 물을 끓인다

멸치 육수에 한 사발 말았으면
꿀꺽
침 넘어가는 소리에
푸드득 산 꿩이 놀라 날아가는 봄날

게으른 몸피를 밀고
쌀 튀밥 튀기듯 톡톡 피어나는 하얀 꽃
가난한 어미의 입성이 부끄러워
노을을 불러와
꽃 접시에 분홍 물을 들였다

찔레꽃의 일탈

하얀 나비 한 마리
조붓한 오솔길을 오른다

따비 밭을 버려두고
봄바람 난 바람에 업혀
나비가 되고 싶은 작은 꽃잎

어젯밤 같이 놀던 달빛과
말간 이슬의 입맞춤도 잊은 채
꿈속처럼 날고 싶은 위태로운 몸짓으로
어리석은 날갯짓을 하고 있다

도화살의 바람으로 길 나서는 아버지의 화려한 외출에
덤불 같은 엄마의 섶 안엔 서늘한 뱀 한 마리 똬리를 틀고
서러움이 가시로 일어서는 고장난 봄날
뾰족한 모서리처럼 아프던 기억 속 찔레꽃

〈

노루잠으로 연 새벽
익숙한 품을 이별한 채
먼길 떠나는 채비도 없이 날아오르는
하얀 꽃잎의 무모한 일탈

들깨밭에 버린 배꼽

나가거라 얼른
등 떠밀려 댓돌 위로 쫓겨난 아홉 살의 봄
파닥이는 아기 울음소리와
황망히 솔가지 불 지피는 할매

여닫는 문틈으로 비릿한 내음 흩어지고
고추 달린 금줄 대문에 걸린다
아버지 걸음에 바퀴가 달리고
성급한 엄마 신음도 없이 고추를 낳으셨다

물 깊은 데 버리거라
비료 포대 겹겹이 싸맨 뭉치 들고
화자 언니 손 잡고 심부름 가는 길

강둑은 멀고
오월의 햇살은 졸리고
들깨밭의 짙푸름이 강물과 같아서
약속이나 한 듯

할매 심부름 버리고 간다
밤꽃 냄새도 비릿한 날

그게 뭔지 아니?
네 동생 배꼽이야
화자 언니 배꼽 쥐고 웃는 날

물컹한 배꼽과 물컹한 미역국과
들깨밭의 짙푸른 향기에
멀미를 앓던 아홉 살의 오월

짝사랑

까만 기와집으로 가는 탱자가 여무는 샛길
은어 비늘 같은 햇살의 웃음에 어지럽던 날
리허설 없는 커튼콜처럼 와락 달려든

정교한 붓이 낳았을까
가을의 복판에 서서
가을의 서사가 되는 아름다운 그린비*

시월 샛바람에 고장 난 센서처럼
차마 껴안지 못하고 당신을 앓는 몸살은
탱자나무 가시가 되어
몇 번의 계절을 아프게 끌며 간다

어쩌지도 못하는 나의 부단과
혼절할 것 같은 자존도 나의 몫이기에
덧칠한 시그널로 날마다 나를 죽이던
열여섯 지집애의 새드엔딩

*그리운 선비의 준말.

버들가지

봄은
아버지의 버들피리 소리로 온다

먼길 돌아온 사유들 잠시 쉬는 여울 한 켠
길 떠날 채비를 끝내신 아버지
잠시 세월을 낚으신다

싸늘한 온도를 밀어내며
봄보다 먼저 옷 갈아입은 가지 위에
속앓이 같은 움이 뾰루지로 피어난다

촉촉한 입술 내민 꽃술
유혹처럼 가슴을 열면
속내 들킬세라 연둣빛 주렴 드리우는
먼 산에 뻐꾸기 울음 아득한 날

저마다의 이야기가 흘러가는 냇가에
하얀 꽃가루 몽환처럼 덮으면
독립군같이 대문 나선 바람둥이 아버지
버들피리 앞세우고 휘적휘적 봄을 안고 떠난다

입춘 풍경

까치 한 마리 봄을 물어와
벗은 감나무 가지 위에 얹어 놓았다

키 작은 향나무에 널어둔 크리스마스 별들
게으른 겨울을 보듬어 안고
날아오르지 못한 꼬리 없는 연 하나
TV 안테나에 붙잡혀 몸살을 앓고 있다
입춘대길이 문패 같은
매몰된 기억 속 대문을 밀어본다

복수초 기지개 켜는 날
붓글씨 쓰시던 아버지 부재의 시작을 예감한 듯
어머니 눈동자엔 우물이 파인다
누룩 냄새가 익어가던 서가에 불이 꺼지면
담배 냄새가 짙어지던 어머니
열세 살 계집애 가슴에도
커다란 호수가 들어서고 있었다
〈

묵정밭 같은 기억의 모서리에
지워도 지워지지 않는 서러움
입춘의 찬 바람에 헹군다
원색의 자켓을 입어보는 아침
까치 한 마리가 봄을 물어와
감나무 가지 위에 얹어 놓았다

여름 한낮

손바닥 같은 남새밭에 오뉴월 한낮이 익고 있다
임산부 닮은 배춧잎 위로 알토란 영그는 우산잎 위로
여름 한낮은 뜨겁게 군불을 지핀다
그냥 익어가고 그냥 여무는 게 있으랴
피맺히며 터지는 석류도 암팡진 풋대추도
에돌아 가는 법을 알고 있다
기다림이 익어가는 오후
수꿩 날아가는 소리마저 설레는 심사
세월이 지피는 군불로 익어가는
석삼년 묵은 어머니 울화가 뜨겁다

서른의 기도

애호박 한 개 따고
풋고추 두어줌 훑고
금세 꽃 떨어진 가지 서너 개 따면
뻐꾸기 울음 긴 여운에 비 묻어오는 먼 산
뚝배기에 된장 한술 앉히고
밥솥에 찐 풋고추
새로 짠 참기름에 조물조물 무치고
사위어지는 잿불에 자반 한 토막 굽는다
어디쯤 왔을까
비 묻은 동구에 샛바람 부는데
잰걸음 걷는 이 있으면
밥보다 먼저 나서는 마음
서른 즈음

찌그러진 주전자가 부르는 울어라 열풍아

장터 돌아앉은 골목 끝 백마관
쉰 술 냄새가 춤추던 홀
찌그러진 주전자들이 반짝반짝 웃고 있다
이름이 마담인 엄마와 내 눈을 마주보지 못하는
동갑내기 친구가 사는 술집
내 사친 회비를 꿀떡 삼키고 아버지를 빼앗아 간
유년이 아프던 그곳
내일을 준비하러 노을이 산 넘어가면
아버지의 시간은 지금이 시작인 듯
자전거 뒤에 자반 한 손 묶어놓고
수박 등의 손짓 따라 백마관 유리문 속으로 스르르 흡수된다
하늘로 치솟은 올림머리와
치맛단 잘잘 끌며 웃음 헤픈 색시들과
통곡하듯 부르는 울어라 열풍아
주전자 뚜껑과 젓가락도 떼창을 하는 골방
뜨거운 바람도 밤을 새고 아버지도 밤을 지샌다
일 년 농사 다 바치는 아버지와

내 꿈도 주전자처럼 찌그러지던 날
미운 그 친구 마담 엄마를 버리고 밤 기차를 탔다
부지깽이 두드리며 장단 짚던 술집 딸내미
어느 항구 선술집에서 울어라 열풍을 열창하고 있다는 바람의 소식과
주전자만큼 불러오는 아버지의 배는 간경화 꽃이 만발해
쉰 고개에서 봄을 따라갔다
TV 화면에 트로트 한 자락 흐르고
살풋 봄잠 속으로 용서가 덜 된 아버지 다녀가면
눈 흘기며 밀어내던 나보다 더 가여운 친구의 눈물과
백마 관 벽에 매달려 울어라 열풍을 토해내던 주전자들
잊히면 더욱 좋을 풍경들이
아물지 않는 상처의 생살처럼
기억을 헤집으며 기어 나온다

꿀떡 먹던 날

싸락눈 오던 동짓달 스무이틀
저승길 떠나신 우리 할매

명치가 막혀 울음도 못 울고
실성한 얼굴로 하늘만 보던 열세 살

청상의 고모 곡소리 잦아들고
서편의 노을마저 붉게 울던 저녁나절
서러움 꿀꺽 삼키고
슬쩍 베어 물던 절편 한 조각

행여 저승길 가던 할매
내 꼴 보고 웃으실까
부끄럽고 부끄러워
손 가리고 돌아앉아 먹었다

아!
그건 꿀떡이었다

며느리에게

상전 같은 식솔들이 남 같아서
얼음을 업고 살던 등허리
계산 없는 웃음으로 들어선
너의 온도에 녹고 있다
가을볕에 마르는 장마의 습기 같은
오래된 상처의 진액도 말라간다
내 식솔보다 살가운 너
갈등의 틈새를 허락지 않던 배려에
봄날의 오수 같은
평안의 일상이 고맙다
너와 나의 거리는 제로미터

할매의 다리와 다딤돌

바람난 아버지 돌아오지 않는 동짓달 밤
종신자식 기다리던 할매는 철부지 손 잡고 저승길 떠났다
오지 않는 사람 기다린 지 몇 계절이 다녀가고
시어미 똥오줌 받아내는 어머니 한숨에 밤이 더 긴 겨울
굳어버린 무릎을 세우고 산 지 삼 년
모로 누워도 무릎은 서 있고 반듯이 누워도 서 있던 무릎이
목숨줄 놓았다고 펴질까
별짓을 다 해봐도 삼 년이나 굳어버린 다리는 펴지지 않는다
새벽빛이 할매의 갈 길을 재촉하는가
상두꾼 아재가 다딤이 돌을 안고 와 할매의 곧추선 다리에 놓아 버렸다
따닥!
펴졌는지 부러졌는지 아무도 말이 없다
어머니의 곡소리만 더 서럽고 아버지는 아직도 도착하지 않는다

부러진 다리로 저승길 가는 할매 걱정보다

다딤이돌 밑에 깔린 다리의 신음이 밤마다 나를 찾아와

무서운 열병을 앓았던 내 열두 살 겨울밤은 너무 길었다

보릿고개

햇감자 한 포대 거둘 화전(火田)도 없다
두레박 물 한 바가지에 눈물 한 줌 보태던 날
제사 오듯 잦은 엄마의 속앓이 담을 넘는다
입 하나 덜자고 보낸 딸년의 안부처럼
뻐꾸기 울음 아득하다
황달 같은 보리밭에 허기가 넘실대고
깜부기처럼 조물조물한 얼굴엔
마른버짐만 꽃인 듯 피어난다
시오리 산길보다 긴 보리누름
찔레순 여무는 비탈에
바람 나다니는 길녘에
시름의 열로 이팝꽃이 뜸 드는 날
빈 입맛 다시는 엄마
보릿고개 밑에서 젊은 허리 동여맨다

■□ 해설

상처를 응시하는 몸의 기억들

마경덕(시인)

무언극에서 관객의 시선은 배우의 손짓, 발짓에 집중된다. 섬세하고 구체적인 하나하나의 몸동작은 대사(臺詞)와 같다. 최윤우 연극평론가는 "무대에는 소통을 위한 약속이 있다. 연극이 상황에 대한 약속이라면, 마임은 경험과 느낌에 대한 약속이다. 그 경험이 마임이스트의 몸짓과 만났을 때 무대는 한 몸으로 같은 동선을 그려간다. 마치 같은 붓을 잡고 스케치를 하듯. 마임 공연은 그렇게 관객들과의 소통에서부터 만들어지기 시작한다"고 하였다.

시 창작에서도 '경험'은 시의 거름이며 '느낌'은 수확물이다. 시는 동작으로 말을 대신하는 팬터마임(pantomime)처럼 부호 하나도 언어로 작용한다. 짧은 문장으로도 많은 말을 할 수 있는 것이 시(詩)이기에 압축된 문장은 가장 긴 문장일 수도 있다. 그 여백 속에 숨은 것을 읽어내는 것은 독자의 몫이다. 시인과 독자와의 암묵적 약속은 이렇게 이루어진다.

"어떻게 죽어야 할지 알면 어떻게 살아야 할지 알게 된다"는 연극 대사가 있다. 가장 절망적일 때, 가장 간절할 때, 막다른 끝에서 태어난 시들은 그 무게를 지니고 있다. 어설픈 엄살이 아닌 절실함은 누군가의 심장을 명중하고 파장을 일으킨다. 느낌은 "몸의 말"이어서 마음이 맨 먼저 알아보는 것이다.

김훈 소설가는 "절망의 힘으로 다시 그 절망과 싸워나가야 하는 것이 아마도 말의 운명이며 그래서 삶은, 말을 배반한 삶으로부터 가출하는 수많은 부랑아들을 길러내는 것"이 아니겠냐고 반문한다. 가출한 수많은 부랑아들이 자신이 원하는 삶을 배반한 것들의 무리라는 것인데, 그것들이 말[언어]의 운명이라면 시나 소설, 희곡 따위가 그 부류일 것이다.

박정화 시인의 시편들은 간절하지만, 그 간절함을 슬쩍, 보여주고 이내 침묵한다. 얼핏 스쳐간 것들이 한동안 가슴에 선명하게 남는다. 침묵의 행간을 헤아려보면 어둑한 병실에서 휴가 가듯 아내의 손을 놓아버린 사람이 있고, 마음에 들어와 서성이는 쓸쓸한 저녁과 집으로 가는 길을 잊고 싶은 막막함과 아직도 오지 않는 기다림과 눈빛조차 둘 데 없는 무력한 고독이 그만 죽어도 좋겠다고 선로를 향해 걸어가고 있다. 죽음이라는 명시적 기억(explicity memory) 앞에서 시인이 할 수 있는 것은 무엇일까. 오래 묵은 기억들과 타인은 알지 못하는 적막함이 시인의 몸에 살고 있다. 그러나 박정화 시인은 자신의 감정에 침잠(沈潛)하지 않고 몰아치는 감정의 완급을 차근히 조절하며 일련의 서사를 재현하고 있다.

> 쓸쓸함이 빈 배처럼 떠밀려 오는 날
> 내 창가에 붉은 감잎 하나가
> 기억 하나를 얹어 놓았다
>
> 어둑한 병실에서
> 휴가 가듯 그가 내 손을 놓았을 때
> 후르르 떨던 계절이 나보다 먼저 울었다
>
> 살아가는 법을 민들레 홀씨만큼도 모르던 날
> 친구에게 돈 얘기를 꺼내는 비루함과
> 치과를 갈 수 없던 가난의 통증 앞에
> 보고픔은 버려야 할 허영이었다
>
> 나만큼의 꽃 한번 피워보지 못한 수치가
> 고장 난 회로 같이
> 언제나 가을을 들여 앉혔다
>
> 유택이 앉을 산자락에
> 미리 온 계절이 그늘을 짓는다

묵혀둔 일기장에 묘비명을 썼다 지우는 오늘
사진첩의 흔적들도 먼지처럼 날아가고
서랍 속 내 허물들도
헌 옷 수거함으로 버려진다

아직도 내 안에 들어와 휘저어 놓고 가는
너를 만나러 가는 준비를 준비하는 날들

꼭 와야 하는 것처럼
사붓사붓 눈이 올 것 같은 하늘에
기러기 한 마리 꾹꾹 울음을 물고
북녘으로 날아간다

–「만추」 전문

홀로 남은 자의 고통에 대해 "내가 얼마나 고독했었는가를 쉽게 잊는 것은 학살의 일부이다. 얕은 기분으로 화분에 물 주며 나를 뜯어내듯 죽은 잎을 뜯어내는 것도 학살의 일부이다"라고 한 김소연의 시가 떠오른다. 「만추」는 한 사람의 부재로 인해 발생한 "고통의 기록"이다. 잊어서도, 잊을 수도, 위로할 수도, 위로를 받아서도 안 되는, 자신의 법칙 안에 묶인 남은 자의 몸부림이다. 하릴없이 지루하게 평화를 누리는 것, 시나브로 말라버린 기억들을 한 잎 한 잎 뜯어내는 것조차 스스로를 겨냥하는 자학(自虐)의 범주에 들어있다. 자의든 타의든, 고통은 동반되고 대책 없는 슬픔을 채 추스르기도 전에 냉정한 현실이 삶의 목을 조여온다. "살아가는 법을 민들레 꽃씨만큼도 모르던 날/친구에게 돈 얘기를 꺼내는 비루함과/치과를 갈 수 없던 가난의 통증 앞에/보고픔은 버려야 할 허영이었다"라고 고백한다.

남편의 그늘에서 세상모르고 살던 아내가 마주한 세상은 냉혹하다. "바쁜 꿀벌은 슬퍼할 틈이 없다"는 서양 속담처럼 '내부'에서 점점 '외부'로 확장되는 고통은 그리움마저 지워버린다. 당면한 현실의 벽 앞에 "육신과 정신적인 고통"이 지속되고 풀지 못한 문제는 고인에 대한 슬픔마저 잠식해버린다. 전해수 평론가는 "결코 내 안에서는 깨어지지 않는 절대적 슬픔은 돌을 던져 그 대상을 깨뜨리기에는 어려운 바람 같은 슬픔"이라고 하였다. 박정화 시인이 마주친 체험적 슬픔도 대상을 깨뜨리기 어려운 바람 같은 슬픔일 것이다. 이 슬픔마저 이제 만추(晩秋)처럼 저물어간다.

> 저잣거리에서 버스를 따라온 저녁
> 아이의 어미가 내리지 않아
> 자꾸만 뒤를 돌아본다

유월의 저녁은 천천히 오는 것이라서
굴뚝의 연기같이 온기를 품고 오는 것이라서
스멀스멀 기어오는 물 탄 어둑을 빗자루로 쓸어내며
일곱 살 아이는 버스를 기다린다

후드득 감나무 잎사귀에 빗방울 지나가고
축축한 저녁이 댓돌 위에 올라서면
빈 신발 자리엔
허기진 기다림이 밤을 밀고 있다

앞산이 성큼 다가서면
내일을 도리질하는 할매
등잔 심지를 털어내며
옅은 밤을 끌어와 이불을 펴고

천식 기침 뱉으며 막차도 밤으로 간 지 오랜데
아이는 오늘도 어둠과 친구가 되어
겁먹은 표정으로 아직도 내일을 기다린다

이따금 마음에 들어와 서성이는 쓸쓸한 저녁과
집으로 가는 길을 잊고 싶은 막막함과
지금도 오지 않는 대책 없는 기다림을

늘 앓고 있는 수심처럼
묽은 어둑의 얼굴로 다가선다

–「저녁의 표정」 전문

한 입 먹는 순간 누군가가 꼭 안아주는 느낌이 드는 음식, 사랑했던 사람이 떠오르거나 그와 함께 했던 순간이 떠오르는 음식이 있다. 미국 메인주 시골 마을에 '로스트 키친'이라는 아담한 식당의 세프 '에린 프렌치'는 할아버지와 할머니는 돌아가신 지 오래였지만, 한 입 떠 넣으면 그들이 옆에 있는 듯 느껴지는 음식을 만들었다. 그에게는 누가 가장 멋진 음식을 만드는지는 중요하지 않았다. 음식을 먹고 나면 남는 것은 음식을 먹는 동안 느꼈던 좋은 감정이며 그 소박함이 "음식의 힘"이라고 하였다. 좋은 음식이란, 사랑을 표현할 말이 없을 때 사랑을 맛보게 해주는 수단이며 요리의 강력한 힘은 음식의 맛을 오래가는 추억으로 바꿔주는 것이라고 했다.

시 한 편이 '깊은 맛'을 낸다. 굴뚝의 온기 같은 어릴 적 그 느낌, 뜨겁지도 차지도 않은 그 온도는 따스한 엄마의 체온과 같다. 저잣거리에서 아이와 함께 돌아온 엄마는 아궁이에 불을 지피고 가족을 위해 서둘러 저녁을 지었으리라. 경쾌한 도마 소리, 타닥타닥 장작 타는 소리, 달그락달그락 그릇 소리가 부엌을 빠져나와 그 저녁을 다 채

웠을 것이다. 음식을 먹는 동안 느꼈던 좋은 감정처럼 이 평화로운 기억은 그리움으로 변환되고 "살아갈 힘"으로 작용한다.

「저녁의 표정」은 엄마의 부재로 인한 상실감이 시 전반부에 깔려 있지만 찬찬히 들여다보면 엄마와 함께 보낸 일곱 살의 기억이 얼마나 행복했는지 여실히 느껴진다. 이따금 마음에 들어와 서성이는 쓸쓸한 저녁과 집으로 가는 길을 잊고 싶은 저녁의 표정에는 유년의 즐거운 순간들이 잠복해 있는 것이다. 일곱 살에게 엄마라는 존재는 하늘과 같다. 그 엄마가 뒤를 따라오고 있다는 안도감으로 저녁은 날마다 배불렀을 것이다. 그 빈자리를 아직도 잊지 못하는 시인의 쓸쓸한 목소리가 파문으로 번지고 있다.

면경 같은 햇살이 살얼음을 만지는 강가에
속앓이처럼 뾰족한 입술을 내미는 버들
겨울을 밀어내느라 힘이 드나 봅니다

따뜻한 사람들의 심성처럼
시장기 같은 그리움이 내려앉는 물 위에
노을이 기어와 불을 붙이면
바람은 잠시 멈추어 서고
건너편 강둑에서 봄이 걸어와 내 곁에 섭니다

제 식구들 보듬어 안고 몸을 트는 샛강에
가물한 기억 같은 물주름이 일면
내 안에 들어선 티눈 같은 통증을
물수제비에 얹어 던져 봅니다

아궁이에 남은 재 냄새를 따라
돌아가기엔
아직 낙조가 너무 붉습니다

나무껍질 속으로 달큰한 물길이 흐르는 삼월
강은 긴 봄날처럼 아득한데

어디쯤 갔을까요
꽃이 되기 위해 흘러간 어머니는

–「삼월이 지나는 강둑에서」 전문

거울처럼 해맑은 햇살이 살얼음 낀 삼월의 강을 녹이고 있다. 삼월이 딛고 지나갈 강은 이제 "봄의 발목"이 푹푹 빠진다. 돌덩이처럼 단단했던 추위를 밀어내는 봄의 응원에 속앓이하던 버들잎도 안간힘으로 뾰족한 입술을 내미는 강둑은 밀고 당기는 힘으로 팽팽하다.

"제 식구들 보듬어 안고 몸을 트는 샛강"에서 샛강이

키우는 식구가 있음을 알 수 있다. 강물에 발을 적시는 버들과 물살을 간지럽히는 바람과 샛강을 다녀가는 새떼와 저녁노을도 모두 강이 보듬어주는 식구일 것이다. 시인의 가물한 기억에 물주름이 일면 자신을 보듬어주던 가족이 떠오른다.

내적 파동과 만나는 곳은 삼월이 지나는 강둑이다. 일찍 곁을 떠나버린 어머니의 부재는 티눈 같은 통증으로 도진다. 물수제비를 던져 보지만 흘러가지 못하고 강의 밑바닥으로 가라앉는 돌멩이는 여전히 떨치지 못한 그 무언가가 있음을 암시한다. 나무의 물관으로 달큰한 물길이 흐르는 삼월이지만 더는 흐르지 않는 기억이 사무치고 시인은 탄식한다.

서둘러 져버린 꽃이 되지 못한 어머니, 강물처럼 흘러가버린 기억들이 모두 삼월의 강둑에 모여 있다. 축적된 상처를 응시하며 고백하는 박정화 시인의 서정적인 시편들은 대부분 몸의 기억들이다. 각인된 고통의 순간들을 심미적(審美的)으로 구성하고 내면에 잠재한 방황과 슬픔을 조곤조곤 들려준다. 놀라운 것은 개인의 서사가 현대인의 피폐화된 마음을 어루만지는 힘을 지녔다는 것이다. 이렇듯 감정의 내부까지 파고드는 아릿한 울림이 박정화 시인이 지닌 힘이며 쓸쓸함을 감당하는 방식이다.

바람난 아버지 돌아오지 않는 동짓달 밤

종신자식 기다리던 할매는 철부지 손 잡고 저승길 떠났다

오지 않는 사람 기다린 지 몇 계절이 다녀가고

시어미 똥오줌 받아내는 어머니 한숨에 밤이 더 긴 겨울

굳어버린 무릎을 세우고 산 지 삼 년

모로 누워도 무릎은 서 있고 반듯이 누워도 서 있던 무릎이

목숨줄 놓았다고 펴질까

별짓을 다 해봐도 삼 년이나 굳어버린 다리는 펴지지 않는다

새벽빛이 할매의 갈 길을 재촉하는가

상두꾼 아재가 다딤이돌을 안고 와 할매의 곧추선 다리에 놓아 버렸다

따닥!

펴졌는지 부러졌는지 아무도 말이 없다

어머니의 곡소리만 더 서럽고 아버지는 아직도 도착하지 않는다

부러진 다리로 저승길 가는 할매 걱정보다

다딤이돌 밑에 깔린 다리의 신음이 밤마다 나를 찾아와

무서운 열병을 앓았던 내 열두 살 겨울밤은 너무 길었다

–「할매의 다리와 다딤돌」 전문

임종 시간은 다가오고 종신자식은 오지 않는 길고 긴 동짓달 밤, 기어이 어린 손녀의 손을 잡고 임종을 맞은 할머니는 먼길을 떠나셨다. 죽음보다 깊은 상처는 할머니의 "곧추선 무릎"이었다. 펴지지 않는 무릎은 입관이 불가능하기에 상두꾼 아재가 무거운 다듬이돌을 안고 와 할매의 곧추선 다리에 놓아버린 순간 "뼈 부러지는" 소리와 함께 무릎이 펴졌다. 시인의 열두 살의 기억 속에는 어머니의 한이 서린 곡소리와 원망과 두려움이 도사린 아버지의 빈자리가 있다.

"부러진 다리로 저승길 가는 할매 걱정보다/다딤이돌 밑에 깔린 다리의 신음이 밤마다 나를 찾아와/무서운 열병을 앓았던 내 열두 살 겨울밤은 너무 길었다"고 한다. 모로 누워도 반듯이 누워도 삼년 동안 서 있던 무릎이었다. 별의별 짓을 다 해도 펴지지 않던 다리를 다듬이돌이 내려치고 따딱, "뼈 부러지는" 소리는 할머니의 마지막 비명처럼 들렸을 것이다. 막연히 죽음이라는 느낌을 깨뜨려 버린 찰나의 그 생생한 소리가 겁많은 두 귀를 붙잡고 있다. 동짓날 밤의 풍경은 마치 퍼즐 조각이 떨어져 나간 미완성의 작품과 같다. 숭숭 구멍이 뚫려버린 삶, 제자리를 채우지 못한 허기와 불안함이 내면에 각인되어 음습한 기억을 도출(導出)해낸다. 암울한 결말은 "부러진 무릎"이 되어 시인의 가슴에 웅크리고 피부에 와닿는 한기(寒氣)는 오래 가시지 않는다. 「할매의 다리와 다딤돌」은 가부장적 권위에 희생당하며 살아가는 여인들의 고통을 리얼하게 드러낸 작품이다.

장터 돌아앉은 골목 끝 백마관
쉰 술 냄새가 춤추던 홀
찌그러진 주전자들이 반짝반짝 웃고 있다
이름이 마담인 엄마와 내 눈을 마주보지 못하는
동갑내기 친구가 사는 술집
내 사친 회비를 꿀떡 삼키고 아버지를 빼앗아 간
유년이 아프던 그곳
내일을 준비하러 노을이 산 넘어가면
아버지의 시간은 지금이 시작인 듯
자전거 뒤에 자반 한 손 묶어놓고
수박등의 손짓 따라 백마관 유리문 속으로 스르르 흡수된다
하늘로 치솟은 올림머리와
치맛단 잘잘 끌며 웃음 헤픈 색시들과
통곡하듯 부르는 울어라 열풍아
주전자 뚜껑과 젓가락도 떼창을 하는 골방
뜨거운 바람도 밤을 새고 아버지도 밤을 지샌다

일 년 농사 다 바치는 아버지와
내 꿈도 주전자처럼 찌그러지던 날
미운 그 친구 마담 엄마를 버리고 밤 기차를 탔다
부지깽이 두드리며 장단 짚던 술집 딸내미
어느 항구 선술집에서 울어라 열풍을 열창하고
있다는 바람의 소식과
주전자만큼 불러오는 아버지의 배는 간경화 꽃
이 만발해
쉰 고개에서 봄을 따라갔다
TV 화면에 트로트 한 자락 흐르고
살풋 봄잠 속으로 용서가 덜 된 아버지 다녀가면
눈 흘기며 밀어내던 나보다 더 가여운 친구의
눈물과
백마관 벽에 매달려 울어라 열풍을 토해내던 주
전자들
잊히면 더욱 좋을 풍경들이
아물지 않는 상처의 생살처럼
기억을 헤집으며 기어 나온다

-「찌그러진 주전자가 부르는 울어라 열풍아」 전문

'백마관'이라는 한정된 공간 안에서 벌어지는 이야기는 한 가족의 사건으로 확대되고 있다. 유년에 찾아온 상실

감을 시인은 고통스럽게 더듬는다. 아버지의 세계에 발을 내딛는 순간 희망은 차단되고 어둠은 지워지지 않는다. 한 줄기 빛을 찾으려는 시인에게 현실은 너무나 냉정하다.

"내 사친 회비를 꿀떡 삼키고 아버지를 빼앗아 간/유년이 아프던 그곳/내일을 준비하러 노을이 산 넘어가면/아버지의 시간은 지금이 시작인 듯/자전거 뒤에 자반 한 손 묶어놓고/수박등의 손짓 따라 백마관 유리문 속으로 스르르 흡수된다"에서 추측하듯이 '백마관'은 아버지의 생활 반경(半徑)을 차지하고 있다. 자전거 뒤에 묶인 자반 한 손은 가족의 끼니가 되지 못하고 백마관 단골인 아버지는 술과 여자에 둘러싸여 세월을 탕진하고 있다.

날이 저물고 애가 탄 어머니가 아이에게 시킨 심부름은 아버지를 찾아 집으로 돌아오는 것이었지만 주색에 빠진 아버지의 시계는 '백마관'에 멈춰있었다. 대쪽을 엮어 수박 모양을 만들고 종이를 발라 그 속에 초를 켠 수박등, 아버지는 각박한 현실을 잠시 잊게 해주는 환상적인 불빛에 홀려 집에 들어오지 않고 자식의 사친 회비와 일 년 농사를 유흥비로 다 갖다 바친다. 결국 아버지는 간경화로 복수가 차오르고 쉰 고개에서 봄을 따라갔다. 가장을 잃어버린 집안 형편은 불을 보듯 뻔하다. 가족에게 무책임한 아버지는 여전히 용서가 덜 된 사람이다. 오래된 상처는 쉬 아물지 않는다. "우리는 과거를 현재로부터 이해할 수 있고, 현재는 과거로부터 파악될 수 있다"고 한다. 현재는 과거와 이어지고 탕진한 시간만큼 아버지는 스스로 소멸을 향해 가고 있었다. 양은 주전자가 찌그러지도록 장단을 치며 주색잡기로 세월을 보내던 무능한 가장들, 아내에게는 권위를 앞세우던 남자들, 시인은 일상에서 자행되는 관습의 폭력을 일찍이 경험한다. 「찌그러진 주전자가 부르는 울어라 열풍아」는 한 시대 사회상의 일면을 잘 보여주는 작품이다.

막차를 기다리는 전철역 나무의자에
집으로 가는 길을 밀어내는 바람 한 뭉치
뻣뻣한 목을 세우고 있다

아무런 이야기도 할 수 없고
눈빛조차 둘 데 없는
이 무력한 고독이
그만 죽어도 좋겠다고 선로를 향해 걸어간다

여백 없는 카운셀링 A4 용지에
속엣것 뭉텅뭉텅 다 게워내고
의사의 가운을 부여잡은 야만이
불우한 가슴을 때린다

선이 모호한 삶의 지평은
초점이 흐린 안경처럼 흔들리고

빈혈이 잦은 시간이 낳아버린
후회만 점철된 일상 속
누구를 향한 분노인지 가슴이 널을 뛴다

통제한 기억마저 굳이 아파하며
이미테이션 같은
피해와 망상의 자켓을 입고
막차가 떠나버린 전철역 나무의자에 앉아
이 밤
허파까지 부푼 바람 한 뭉치를 토해내며
뻣뻣한 뒷목을 수습하고 있다

–「우울의 얼굴」 전문

먼저, 낭만적이고 화려한 파리의 어두운 변두리 표정을 담아낸 보들레르의 『파리의 우울』을 살펴보자. 파리의 뒷골목 누추한 몰골을 있는 그대로 사랑한 보들레르의 거칠고 혁명적인 산문시에 대해 황현산 평론가는 "산문으로 시를 담아내기 위한 것이 아니라 산문적인 현실에서 시적인 것을 발견했다"고 하였다. 가난한 자들의 모습에서 암울한 세계의 숙명을 발견한 보들레르, 파리의 내밀한 모습을 새로운 형식과 내용으로 담아낸 『파리의 우울』은 문학 장르에 새로운 길을 제시한 하나의 "문학적 사건"이었다.

“지붕들의 물결 저편에서, 나는, 벌써 주름살이 지고 가난하고, 항상 무엇엔가 엎드려 있는, 한 번도 외출을 하지 않는 중년 여인을 본다. 그 얼굴을 가지고, 그 옷을 가지고, 그 몸짓을 가지고, 거의 아무것도 없이…… 때때로 그것을 내 자신에게 들려주면서 눈물을 흘린다.” 보들레르의 「창문들」이란 시의 일부분이다. 삶에 지친 우울한 도시의 모습은 파리를 표현하는 시적 알레고리이다. 보들레르는 타인의 고통을 바라보며 현시대의 암울한 흐름을 예견했을 것이다.

불완전한 삶에 느닷없이 끼어든 불행으로 우울은 가중된다. 현시대의 눈부신 문명에도 편리하고 풍요로운 생활에도 우울은 존재하고 우울 앞에 인간은 무력해진다. 박정화 시인은 늦은 밤 눈빛조차 둘 데 없는 무력한 고독과 싸우고 있다. 의사의 가운을 부여잡아도 죽음은 완고해서 불우한 가슴을 때린다. “통제한 기억마저 굳이 아파하며/이미테이션 같은/피해와 망상의 자켓을 입고/막차가 떠나버린 전철역 나무의자에 앉아” 그만 죽어도 좋겠다고 선로를 향해 걸어가는 것은 고독한 절망이다. 바람 한 뭉치를 토해내며 뻣뻣한 뒷목을 수습하는데 우울은 모든 것을 체념하라고 다가와 속삭인다.

부스러기처럼 남겨진 것들은 온몸을 조이는 각박한 현실이다. 박정화 시인의 시편에는 녹록지 않은 삶의 흔적과 그로 인한 안타까운 감정들이 부산물처럼 남아 있다. 아래 예시된 작품은 이 시집의 표제작이다. 내면에 깃든 이

룰 수 없는 열망은 비애(悲哀)로 다가온다. 그 누가 예기치 못한 운명에게 관대할 수 있을까.

트루먼 쇼 같은 나의 무대가 끝나는 날
노을이 되어 떠날 거야

꽃을 조문하며 마음 밭에 씨앗 하나 뿌렸더니
싹대 하나 눈물로 녹아버리고
마당엔 언제나 바람이 서성이네

화려한 말솜씨도 없고
박신박신한 허물과
한 박자 늦게 가는 이력으로
닳아버린 뒷굽 같은 생이였어

퀵 서비스로 배송된 불행을 반송할 수 없어
나의 시간은
필라멘트가 나가버린 알전구처럼
늘 저녁이었지

외로움과 쓸쓸함은 수선할 수가 없어서
압축된 파일 속에 숨겨버렸어

커튼이 내려지면
가녀린 풀등에 앉았다가
숨 가쁜 여울을 달리다가
말간 달빛의 애무에 혼곤한 꿈을 꾸다가
사랑받지 못한 푸석한
기억을 지우며 나는 그렇게 노을이 되려 하네

그리하여 긴 줄기의
서사 끝에 서 있는 메디슨 카운티의 다리로 갈 거야
먼길 다녀와도
늘 거기 기다리고 있을 그대에게

–「메디슨 카운티의 다리로 갈 거야」 전문

일생 단 한 번 찾아온 사랑을 만나고서도 가족을 지키기 위해 추억을 껴안고 고독한 삶을 살아가는 이야기를 담은 영화 '메디슨 카운티의 다리', 여주인공 '프란체스카'는 자신이 죽으면 화장해서 다리에 뿌려달라는 유언을 남긴다. 자녀들은 유품을 정리하다가 어머니가 숨겨온 다른 유품을 열게 되고 거기에는 누구에게도 밝히지 않은 나흘간의 이야기와 평생 가족에게 충실했으니, 죽어서는 남편이 아닌 일생에 처음 만난 사랑을 택하겠다고 적혀 있었다.

이처럼 "메디슨 카운티의 다리"는 끝내 이루어지지 않는 사랑의 상징이며 죽어서만이 갈 수 있는 다리이다. "한 박자 늦게 가는 이력으로/닳아버린 뒷굽 같은 생이였어//퀵서비스로 배송된 불행을 반송할 수 없어/나의 시간은/필라멘트가 나가버린 알전구처럼/늘 저녁이었지"라고 어두운 기억을 고백하는 시인, 사랑받지 못한 푸석한 기억을 지우며 "메디슨 카운티"의 다리에서 기다리고 있을 그대에게 가겠다고 한다. 이 다리는 애틋한 사랑을 상징하는 추상적 장소이다.

장성은 작가는 "내게 추상성은 아름다움의 가능성이 응집된 총체다. 추상적인 개념들에 대해 자문하며, 그 추상성을 완전히 해체하기보다 더 분명한 방법으로 다가서고자 하는 시도들이 작업으로 이어진다."고 하였다. 일정한 긴장과 자기 통제 아래 이루어지는 상상력의 문학은 암울한 시대 상황과 싸우는 유일한 부드러움이요 무기라고 한다. 보이지 않는 세계로 진입해서 시상(詩想)을 찾아내는 '추상적 사고'를 가진 박정화 시인에게도 추상성은 설렘이며 그 추상성을 해체하기보다 더 분명한 방법으로 다가서는 시도가 "시를 짓는 힘"으로 작용하고 있다.

시집 한 권은 한 사람이 굽이굽이 살아낸 "왜곡할 수 없는 역사"이다. 만날 수 없는 사랑은 "메디슨 카운티의 다리"로 가야 한다. 재회가 "가능한 지점"은 오직 그곳뿐이다. 가질 수 없어 더욱 애틋한 사랑은 그 다리에서 시인을 기다리고 있을 것이다.